썬샤인의 전사들

이음희곡선

썬샤인의 전사들

김은성

이음

- 이 희곡은 2016년 9월 27일부터 10월 22일까지 두산아트센터 Space111에서 〈썬샤인의 전사들〉이라는 제목으로 초연되었다.
- 미주의 상세한 내용은 작품의 이해를 돕기 위해 작성한 것이다.

차례

때
1940년부터 2020년까지

곳
만주에서 제주까지 한반도의 곳곳

등장인물
(무대에 처음 등장하는 순)

한승우   남. 소설가. 50대. 1964년 서울 출생
한봄이   여. 한승우의 딸. 유치원생. 7세.
          2013년 서울 출생
서미연   여. 한승우의 아내. 연극배우. 40대.
          1973년 서울 출생
장필배   남. 한승우의 후배. 소설가. 50대.
          1966년 서울 출생
한대길   남. 대학생. 육군 이등병. 20대.
          1964년 서울 출생
나선호   남. 미군 카투사. 소년병. 10대.
          1936년 제주 출생
나명이   여. 나선호의 동생. 7세. 1944년 제주 출생
김순이   여. 전쟁고아. 4세. 1947년 함흥 출생
강호룡   남. 중공군. 조선족. 10대, 20대.
          1929년 백두산 출생
지막이   여. 위안부소녀. 10대. 1937년 보성 출생
송시자   여. 대학생. 의용군 군의관. 10대, 20대.
          1930년 부산 출생
송시춘   여. 한대길의 스승. 송시자의 동생. 극작가.
          10대, 50대. 1935년 부산 출생
강종양   남. 특무대원. 보안사 군무원. 20대, 50대.
          1929년 여수 출생
강태훈   남. 변호사. 30대. 1987년 서울 출생

(인서트 등장인물)
예비병들 남. 20대
존슨   남. 미군교관. 20대
스미스   남. 미군병사. 20대
밀러   남. 미군병사. 20대

토머스　　남. 미군병사. 20대
박양근　　남. 토벌대원. 20대
페이트　　남. 미군대대장. 30대
위팅치　　남. 중공군소대장. 30대
왕지푸　　남. 중공군병사. 20대
천떠셩　　남. 중공군병사. 20대
장지칭　　남. 중공군병사. 20대
취쭝이　　남. 중공군병사. 20대
중공군들　남. 20대
염재철　　남. 위안부인솔자. 30대
김선화　　여. 위안부소녀. 10대
이봉실　　여. 위안부소녀. 10대
윤금옥　　여. 위안부소녀. 10대
정윤자　　여. 위안소주인. 30대
히데오　　남. 일본군장교. 20대
일본군들　남. 20대
조인규　　남. 대학생. 20대
임영애　　여. 대학생. 20대
추민식　　남. 대학생. 20대
의용군들　남. 20대
이성태　　남. 특무대원. 20대
학생들　　남녀. 20대
박차동　　남. 대학생. 20대
임민아　　여. 대학생. 20대
김석신　　남. 대학생. 20대
고태식　　남. 보안사 중사. 20대
백병천　　남. 보안사 상사. 30대
김영진　　남. 조작간첩. 20대
신재천　　남. 방송기자. 30대
전동용　　남. 방송기자. 30대
진무석　　남. 카메라맨. 30대
기판수　　남. 카메라맨. 30대
남근숙　　여. 벙어리. 50대
여민지　　여. 종업원. 20대

1막
상자 뒤의 작가

1장 상자 속의 어둠

깊고 짙은 어둠.

[음향] "똑, 똑, 똑똑, 똑, 똑, 똑"

어둠 속에서 들려오는 숨죽인 노크 소리

[음향] "똑. 똑. 똑똑. 똑. 똑. 똑"

노크 소리, 조금 더 커지면
가늘지만 강렬한 한 줄기 빛이 쏟아져 내려
텅 빈 무대에 덩그러니 놓인 나무상자 하나를 비추기 시작한다.
빛, 점점 밝아져 상자를 눈부시게 비출 때

[음향] "똑! 똑! 똑똑! 똑! 똑! 똑!"

상자 속에서 다급한 노크 소리가 들려온다.
상자를 비추던 빛, 갑자기 사라진다.
한동안 칠흑 같은 어둠이 이어진다.
어둠 속에서 다시 숨죽인 노크 소리가 들려온다.

[음향] "똑, 똑, 똑똑, 똑, 똑, 똑"

2장 악몽 속의 봄이

[자막] 2019년 봄. 서울

승우의 방.[*]
벽면이 책장으로 둘러싸인 서재.
커다란 집필 책상 위에 뒹구는 술병과 꽁초.
아무렇게 벗어놓은 옷가지와
인스턴트 음식 용기들이 뒹구는 바닥.
구석에 놓인 침대 위에 몸을 웅크리고 잠든 승우.

봄이   똑, 똑, 똑.

어둠 속에서 들려오는 봄이의 목소리.
승우, 인상을 쓰며 몸을 뒤척인다.

봄이   똑, 똑, 똑.

승우, 눈을 뜬다.
주위를 둘러본다.
책상 스탠드에 불이 켜진다.
책상 앞 의자에 앉아 있는 봄이의 뒷모습이 보인다.
승우, 주춤 놀란다.
봄이, 회전의자를 휙 돌려 승우를 본다.

* 2019년 3월 중순. 승우의 서재. 서울.

승우	봄이? 봄이구나.
봄이	아니.
승우	봄이 맞는데?
봄이	아니야.
승우	이리 와.
봄이	봄이, 봄이 아니야.
승우	(피식 웃으며) 봄이가 봄이가 아니면 그럼 누군데?
봄이	맞춰봐.
승우	자, 아빠한테 와.

승우, 봄이를 향해 양팔을 내민다.
봄이, 다시 의자를 획 돌려 승우를 등진다.
승우, 일어나 봄이에게 다가간다.

승우	우리 봄이, 무서운 꿈 꿨구나. 그래서 아빠한테 왔구나. 엄마는 자?

승우, 봄이의 어깨를 잡으려고 하는데
봄이, 고개를 획 돌리며 승우를 향해 얼굴을 들이민다.

봄이	우워!

입에 드라큘라 이빨 장난감을 낀 봄이,
귀신 표정을 지으며 일어난다.
승우, 과장스럽게 놀라는 척하며 양팔을 들고 뒷걸음친다.
봄이, 까르르 웃으며 승우에게 성큼성큼 다가온다.

승우	누구세요?
봄이	내가 누군지 모르는가?

승우	네. 너무 무서워요.
봄이	내 이름은 썬드라.[1]
승우	썬드라?
봄이	그렇다. 드라큘라의 천국, 선샤인 공화국에서 온 전사.
승우	어머나. 살려주세요.
봄이	걱정할 것 없다. 나는 아무나 해치지 않는다.
승우	제발 목숨만은 살려주세요.
봄이	허허, 나는 죄 없는 사람은 죽이지 않는다. 블랙드락은 어디에 숨어 있지?
승우	블랙드락이라면 그 무섭다는 검은 드라큘라단?
봄이	그렇다. 어서 악당들이 숨어 있는 곳을 밝혀라.
승우	저는 모릅니다요.
봄이	다 알고 왔다. 어서 말해라.
승우	정말 모릅니다.
봄이	착하고 힘없는 아이들만 물어 죽이는 블랙드락. 내 반드시 세상을 어둠으로 물들이는 악당들을 찾아 정의의 힘으로 처단하겠노라.

봄이, 주먹 쥔 팔을 들어 비장한 자세로
더듬더듬 대사를 읊는다.
승우, 괴상한 변신 동작을 어설프게 펼치며
무서운 표정을 짓는다.

승우	으하하하하하하!

내가 바로 블랙드락의 왕자다!
으하하하…….

봄이   아니야! 또 틀렸어!
거기서 그러는 게 아니라니까!

봄이, 울상이 된다.

봄이   썬드라가 눈물의 병을 꺼내면
그때 변신하는 거라니까.
아무래도 의심스럽구나.
노란 꽃의 눈물로 블랙드락이 아닌지
검사를 해봐야겠구나.
그러고 나서 이렇게 병을 딱 꺼내면….
아빠, 미워!

봄이, 입을 삐죽 내밀며 의자에 털썩 앉는다.
승우, 봄이 앞에 마주 앉는다.
우스꽝스런 표정을 지으며 봄이를 어른다.

승우   봄이가 너무 무섭게 하니까
아빠도 모르게 눈물 검사하는 걸
빼먹었다.
봄이   거짓말. 다 까먹었잖아?
승우   아니야.
봄이   그러면 다음에 어떻게 되는지
이야기해봐.

[스틸영상] 승우와 봄이의 대사에 맞춰 애니메이션의 등장인물과
주요 장면이 컷, 컷, 컷으로 이어진다.*

* 음악이나 음향효과가 동반되어도 좋다.

승우	음……. 블랙드락의 대마왕은 아들이 하나 있는데…….
봄이	맞어.
승우	썬드라한테 신분이 들통나서 본모습을 드러내지. (이를 드러내며) 으하하하하! 내가 바로 블랙드락의 왕자다.
봄이	(흥분해서) 맞아. 둘이 막 싸워.
승우	길고 긴 전쟁이 시작되는 순간이지.
봄이	블랙드락 왕자가 흑마술을 막 부려.
승우	썬드라한테는 너무 강한 적이었어.
봄이	맞아. 싸우면 맨날 맨날 져. 불쌍해.
승우	큰 상처를 입은 썬드라는 레더 박사의 도움으로 죽을 고비를 넘기지.
봄이	거기서, 박사님 비밀연구소.
승우	그래, 아픈 곳을 치료한 썬드라는 블랙드락의 비밀을 알아 가지. 결국 비장의 무기를 찾아내고야 말아.
봄이	거울! 거울이 블랙드락을 이기게 해준댔어. 박사님이.
승우	맞아. 거울. 거울로 악당들을 물리칠 수 있다고 했어.

봄이, 〈선샤인의 전사들〉의 주제곡을 율동과 함께 부른다.

봄이	용기의 날개를 활짝 펴라. 선샤인의 여전사 썬드라. 세상을 어둠으로 물들이는 블랙드락과 맞서 싸워라…….

봄이, 노래를 하다 말고 중간에 뚝 멈춘다.
어둑한 얼굴로 한숨을 쉰다.

봄이   어떻게 이길지 보고 싶다.
승우   (달력을 보며) 목요일 방송이니까
        내일이면 볼 수 있겠는데?
봄이   내일까지 어떻게 기다려?
승우   한 밤만 자고 나면 내일인데?

봄이, 승우를 뚫어져라 본다.

봄이   거짓말. 아니야.
승우   우리 봄이, 이제 자야지.

봄이, 의자에서 일어나 천천히 뒷걸음질한다.

승우   자, 이리 와.
        (손짓하며) 어서.
        봄이야.

봄이, 책장 앞에 옆으로 눕는다.
얼굴을 무릎에 파묻어 몸을 한껏 웅크린다.
승우, 봄이에게 다가가려는데,
봄이, 그 상태에서 나직하게 속삭인다.

봄이   왜 맨날 오늘이야?
        내일은 언제 와?
        한 밤, 두 밤, 세 밤, 네 밤, 다섯 밤,
        여섯 밤, 일곱 밤…….
        왜 봄이 데리러 안 와?

무서워.

배고파.

추워.

아빠, 나 어디에 있어?

아빠, 봄이 얼굴 어디에 있어?

봄이도 봄이 얼굴을 못 찾겠어.

아빠, 내일은 언제 와?

아빠, 왜 맨날 맨날 오늘이야?

승우, 바닥에 주저앉아 흐느낀다.

봄이, 자리에서 일어난다.

엷은 미소를 머금고 돌아선다.

승우   봄이야. 봄이야…….

승우, 봄이가 사라진 곳을 향해 가려는데

[음향] "똑, 똑, 똑똑, 똑, 똑, 똑"

승우의 뒤에서 들려오는 노크 소리.

멈춰선 승우, 서서히 뒤돌아 정면을 볼 때

조명, 빠르게 꺼진다.

3장 영정 속의 얼굴들

합동분향소.[*]
수많은 영정 사진 얼굴들이 사방을 에워싸고 있다.[2]

[스틸영상] 합동분향소의 영정 사진. 그 하나하나의 얼굴들.
얼굴의 윤곽이 흐릿하면 좋을 것 같다.

승우, 우두커니 사진을 보며 서 있다.

미연   왔어?

승우, 뒤돌아 미연을 본다.
미연, 승우에게 다가온다.

미연   또 왜 왔어?
승우   잠깐만 있다가 갈게.
미연   내가 뭐라고 했어?
승우   미안해.

비가 내리기 시작한다.
승우와 미연, 잠자코 빗소리를 듣는다.

미연   분장 지우고 뒤풀이 자리에 갔는데
              웬 늙탱이 앞에 앉게 됐어.

*   2019년 4월 중순. 합동분향소, 서울.

연출님 친구라는데
어디서 많이 본 사람인 거야.
한승우? 아, 혹시 남극의 방, 작가님?
어머, 소설 너무 잘 읽었어요.
네. 그러면서 그 늙탱이가
씩 웃는데 귀여운 거 있지.
연락이 올까 말까 애가 막 타는데
보름이 넘도록 안 오더라.
흥, 노총각 글쟁이 주제에.
평생 홀아비로 늙어 죽어라.
막공 날 객석에 앉아 있는 당신이랑
눈이 딱 마주쳤는데
다음부터 아무것도 안 보여.
정신이 하나도 없어.
마지막 장면이 딸이 아빠한테
우산 씌워 주면서 끝나는 건데
그냥 비 맞으면서 끝났잖아.
분장실에 우산 놓고 나가서.
호호호. 어떡해 마지막 장면.
하필이면 이런 날 오셨어요?
(승우 흉내) 지금 밖에 비 온다는대요?
네? 정말요?
(승우 흉내) 그 우산 저랑 같이 쓰시죠.

승우, 어깨를 들썩인다.
미연, 승우의 머리를 안아 준다.

미연　　　　　팬찮아. 팬찮아.

승우, 한숨을 뱉고 미연의 어깨를 잡는다.

승우	힘들다.

미연, 승우를 뚫어져라 본다.

승우	힘들어.
	사는 거.
미연	무슨 생각하는 거야?
승우	…….
미연	응?
승우	미안해.

미연, 승우를 바라본다.

미연	힘들어?
	내가 뭐라고 했어?
	앞으로 혼자 오지 말라고 했지?
	힘들어?
	기껏 삼 년 지났어.
	술 냄새!
	도대체 얼마나 퍼마신 거야?
	정신 못 차려?
	봄이 데리고 오기 전까지는
	여기 오지 말라고 했지?
	저거 안 보여?

미연, 고개를 돌려 봄이의 영정을 가리킨다.

미연	봄이 찾아와.
	우리 봄이 데리고 와.
	내 옆에 우리 봄이 데려다 놔.
	내 얼굴 옆에 봄이 얼굴 갖다 놔.

봄이 지금 어디 있어?
가.
가서 봄이 찾아와.

승우, 미연을 붙잡는다.
미연, 단호하게 뿌리치고 사라진다.
우두커니 서 있던 승우, 터벅터벅 봄이의 영정 앞으로 간다.
미연의 영정 옆에 놓인 얼굴 없는 액자를 본다.

[스틸영상] 미연의 영정 사진 옆에 놓인 봄이의 명패
"실종자. 한봄이. 7세"와 얼굴 없는 액자.
빈 액자 위에 승우의 글귀가 적힌 노란 종이가 붙어 있다.
"예쁘고 씩씩한 봄이야,
얼른 밖으로 나오렴.
우리 같이 블랙드락 잡으러 가야지.
봄이를 기다리는 썬드라 언니가."

승우, 멍하니 액자를 응시한다.

[음향] "똑, 똑, 똑똑, 똑, 똑, 똑"

승우, 전후좌우를 돌며 사방의 영정 사진들을 둘러본다.

[음향] "똑! 똑! 똑똑! 똑! 똑! 똑!"

승우, 귀를 막는다.

4장 수첩 속의 이름들

병실*
창밖으로 철 지난 벚나무가 보인다.
지지도 못하고 시든 벚꽃 몇 송이가 앙상한 가지에 매달려
위태롭게 흔들린다.
창밖을 보며 멍하니 침대에 앉아 있는 승우.
필배, 약과 물을 들고 승우 옆으로 온다.

필배   정신 좀 들어?
승우   얼마 만에 일어났다고?
필배   나흘.

승우, 말없이 눈을 껌벅거린다.

필배   형, 이번엔 진짜 죽을 뻔했어.

필배, 약과 물을 건넨다.
승우, 힘겹게 먹는다.

필배   쓰지? 힘들지?
            그니까 다음에 할 때는 확실하게 해.
            문이고 창문이고 틈이란 틈은
            싹 다 막아야 된대.
승우   미안하다.

*   2019년 5월 중순. 승우의 병실. 서울.

23

| 필배 | 귀찮아 죽겠어, 정말. |

승우, 말없이 창밖을 본다.

승우	봄이 만났어.
	봄이 엄마, 우리 미연이도 만났는데.
	…… 그냥 두지.
	그냥 가게 내버려 두지.
필배	(버럭) 씨발, 지금 그걸 말이라고 해!
	벌써 삼 년이야, 삼 년.
	산 사람은 살아야지!

필배, 한숨을 쉰다.

필배	꼴이 그게 뭐냐?
	커피믹스 모델 하던 사람 맞아?
	한국문학의 슈퍼스타.
	문학상이란 문학상은 혼자서 다 휩쓸고
	책만 냈다 하면 베스트셀러.
	안 팔려도 기본이 십만 부.
	아직도 한승우 기다리는 독자들 많아요,
	형.
	형수가 형한테 어떤 사람이었는지,
	봄이는 또 얼마나 어렵게 얻었는지,
	그거 다 알아. 근데…….

필배가 설득하는 동안

[음향] "똑, 똑, 똑똑, 똑, 똑, 똑"

소리를 혼자 듣는 승우,

24

고통스런 표정으로 귀를 막은 채 얼굴을 무릎에 파묻는다.

필배   왜 그래요?

필배, 승우 얼굴의 식은땀을 닦아 준다.

필배   괜찮아요?

승우, 심호흡을 한다.

승우   혼자 좀 있을게.
                괜찮아.

필배, 일어나며 주머니에서 접힌 종이 한 장을 꺼내
침대 맡에 놓는다.

필배   누가 한승우 아니랄까 봐 유서도
                죽여 주더만.

승우, 유서를 잠시 펼쳐 보다가 주머니 속에 넣는다.

필배   소설가가 소설을 써야지.
                쓰는 걸로 이겨야 된다면서?
                형이 항상 우리들한테 하는 말 아니었어?

필배, 나가려다 말고 승우의 휴대전화를 들어 뉴스를 검색한다.

필배   새로운 게 또 나왔어.
                형 아직 할 일 많아.

필배, 승우의 손에 휴대전화를 쥐여 주고 나간다.

승우, 자리에 누워 한동안 말없이 눈만 껌벅이다가
휴대전화를 들어 뉴스 영상을 튼다.
차마 화면을 보지 못하고 소리만 듣는다.

[음향] "케이타워 참사사건이 발생한지 삼 년이 지났습니다만
여전히 진상 규명에 대한 목소리들이 높습니다.
오늘도 새로운 의혹 하나가 제기돼 논란이 예상됩니다.
케이타워와 충돌한 미공군기의 실제 항적이 진상위원회가
발표한 항적 기록과는 다르다는 의혹이 제기된 것인데요,
사고 직후 인명 구조보다 사고기의 블랙박스 수습에 더 열을
올렸던 여러 정황들을 돌아봤을 때 그동안 끊임없이……."

승우, 영상을 꺼버린다.
심호흡을 하며 눈을 감는다.
승우의 휴대전화에서 애니메이션 〈선샤인의 전사들〉 동영상이
주제곡과 함께 흘러나온다.

[음향] "용기의 날개를 활짝 펴라, 선샤인의 여전사 썬드라"

노래 중간에 봄이가 등장해 노래를 부르며 춤을 춘다.

봄이 · 승우   세상을 어둠으로 물들이는
                 블랙드락과 맞서 싸워라.

승우와 봄이, 웃으며 하이파이브를 한다.

봄이   그런데 박사님. 정말로 거울로
                 블랙드락을 이겨요?
승우   그럼.
                 썬드라, 놀라운 사실을 이 레더 박사가
                 알아냈단다.

봄이	궁금해요, 박사님.
승우	그동안 우리는 블랙드락이랑 만났지만
	죽지 않고 돌아온 아이들을 연구해 왔어.
	처음엔 살아 돌아온 아이들한테
	블랙드락이 두려워하는 특별한 능력이
	있을 거라고 생각했지.
	하지만 그게 아니었어.
	그 아이들이 마지막으로 쫓겼던 곳에는
	공통점이 있었지.
	바로 거울이 있는 곳.
	아이들이 궁지에 몰린 그 순간.
	아이들 뒤에는 늘 거울이 있었던 거지.
봄이	와! 정말요? 신기해요, 박사님.
승우	아이를 향해 다가오던 블랙드락이
	거울에 비친 자신의 얼굴을 보는 순간,
	활활 타버리거든.
봄이	(놀라) 타버려요?
승우	응. 좀 끔찍하지?
봄이	진짜요? 근데 왜 그런 거예요?
승우	…….
봄이	왜 거울을 보면 타버려요?
승우	…… 응? 글쎄…….
봄이	음……. 그건 안 나와?
승우	응.
봄이	그래서?
승우	음, 썬드라가 검은 성벽에서
	블랙드락 왕자랑 최후의 결투를 하는데,
	계속 지다가 마지막 순간에
	손거울을 꺼내서 왕자의 얼굴을 비춰.
봄이	그래서 썬드라가 이겨?
승우	응. 불타 버린 왕자는 흔적도 없이

27

사라지고 말아.

봄이　　　　으음….

봄이, 잠시 두 손으로 눈을 가려 보더니 고개를 갸웃거린다.

봄이　　　　업어줘.

승우, 봄이를 업는다.
봄이, 두 손으로 승우의 눈을 가린다.

봄이　　　　근데, 거울을 보는데 왜 타버려?
승우　　　　글쎄…….

봄이, 승우의 주머니에서 유서를 꺼내 들고
승우의 등에서 폴짝 뛰어내린다.
봄이, 승우를 마주보고 선다.
유서를 들어 승우에게 펼쳐 보인다.

승우　　　　…… 봄이야.
봄이　　　　자기 자신을.
승우　　　　…….
봄이　　　　무서워했던 거야.
승우　　　　봄이야…….
봄이　　　　자기 자신을 무서워했던 거야.

봄이, 어른의 표정이 되어 슬며시 미소 짓는다. 섬뜩하다.

봄이　　　　똑, 똑.

승우, 놀란 눈으로 봄이를 본다.
봄이, 승우의 등 너머를 응시한다.

승우, 서서히 뒤돌아본다.
나무상자에 걸터앉아 있는 대길의 뒷모습을 발견한다.
승우, 흠칫 뒤로 물러선다.
봄이, 승우와 대길 사이에 선다.
봄이, 승우를 보며 유서를 좍좍 찢는다.

봄이   아직 끝나지 않았어.
                이야기는 지금부터 시작이야.

승우, 고개를 저으며 자리에 주저앉는다.
봄이, 승우를 향해 유서 조각을 뿌린다.

봄이   똑.

전후좌우에서 승우를 향해 걸어오는 그림자들.
그림자들, 서서히 모습을 드러낸다.

선호   똑.
명이   똑.
호롱   똑.
막이   똑.
시자   똑.
시춘   똑.

승우, 귀를 막고 신음한다.
봄이, 승우 앞으로 다가가 마주보며 앉는다.
그의 빰을 어루만진다.
봄이, 승우의 눈을 보며 그의 손을 움켜잡는다.

봄이   괜찮아.
                늦지 않았어.

상자에 앉은 대길, 낡은 수첩과 지포라이터를 꺼낸다.
봄이, 일어나 승우와 대길 사이에 선다.
인물들, 각자의 위치에서 승우를 향해 입을 연다.

선호   오라방은 작가 될 꺼여!
명이   나도 어멍 닮아 숨 잘 참는디이!
호롱   누에는 무시게 그레 웃뿌니?
막이   아따, 너 그림 잘 그린다잉?
시자   그 다락방에서 꿈을 꿨던 거지예.
시춘   니, 소설 계속 써라. 알았나?

대길, 상자에 앉은 채 왼손으로 수첩을 든다.
오른손으로 지포라이터를 켠다.

[음향] "똑! 똑! 똑똑! 똑! 똑! 똑!"

다급한 노크 소리, 상자 속에서 들려온다.
봄이, 선호, 명이, 호롱, 막이, 시자, 시춘, 간절한 눈으로
승우를 본다.
승우, 일어선다.
대길을 향해 한 걸음 한 걸음 다가간다.
대길, 수첩에 지포라이터의 불꽃을 대려던 순간,
고개를 돌려 승우를 본다.
승우의 어둔 뒷모습, 대길의 얼굴에 어른거릴 때
조명, 빠르게 꺼진다.

주

2장

1   썬드라 : 16부작 애니메이션 〈선샤인의 전사들〉의
여주인공. 〈선샤인의 전사들〉은 드라큘라들의 전쟁을 다룬
공포 애니메이션으로, 어린이들 사이에서 엄청 인기가 많다.
물론 허구의 작품이다.

3장

2   5백여 명의 희생자를 낸 케이타워 참사사건의
합동분향소를 말한다. 2016년 4월 13일 수요일,
한미 연합 훈련에 투입된 미군의 초대형 폭격기 B-52가
한반도 상공에서의 임무를 마친 후 괌에 있는 공군기지로
이동하던 중 기체 결함을 일으킨다. 급히 항로를 변경해,
성남 서울공항을 향해 비상착륙을 시도하려던 폭격기는
불행하게도 서울 강남 상공에서 추락, 케이타워와 충돌,
폭발한다. 케이타워가 붕괴되는 대참사가 발생한 것이다.
사고가 나던 그 시간에 승우의 아내 미연은 딸 봄이와 함께
케이타워 지하 2층 아쿠아리움에 있었다.

2막
제주 소년 나선호

5장 참호 속의 카투사

명이   (소리) 호오이. 호오이. 호오이!

어둠 속에서 명이의 숨비소리[3]가 들려온다.
파도 소리, 갈매기 소리와 어우러져
푸른 바다의 평화로움을 연상시킬 때
갑자기 귀를 찢을 듯 전투기 소음이 날카롭게
저공을 휩쓸고 지나간다.
곧 이어지는 육중하고 맹렬한 폭발음.
한동안 불을 뿜는 기관총 소리,
빗발치듯 날아오는 총탄 소리, 대포의 발사 소리,
포탄의 폭파 소리가 혼재되어 들려온다.[*]
얼을 빼놓던 전장의 굉음이 점차 사그라지면
한동안 고요한 정적이 흐른다.
자욱한 포연이 걷히면 삽을 들고 쉼 없이
참호[**]를 파고 있는 한 소년의 뒷모습이 서서히 드러난다.[4]

[자막] 1950년 겨울. 장진호

온몸이 땀과 흙에 절어 있는 미군 전투복 차림의 선호,
삽질을 멈추고 잠시 숨을 고른다.
질겅질겅 껌을 씹으며 불량기 가득한 표정으로

[*]   2막이 열리며 시작되는 전장 소음은 바로 이어서 펼쳐질 장면을
위한 효과이기보다는 '한국전쟁'을 상징하는 음향이 되길 바라며
배치했다.

[**]   1950년 11월 초, 선호의 참호, 구정리.

찍찍 침을 뱉지만 누가 봐도 앳된 소년이다.
선호, 어설픈 발음으로 팝송[5]을 부르며 다시 삽질을 한다.

선호   드링킹 퓨러 캐불리,
            앤 무자 해븐 폰
            아임 튜원 멕시 코뮤라이,
            랫 나우 아 몽둘 온
            래딧 피스톨 다운 베이비,
            레이다 피스톨 다운
            피스톨 빠킹 마마,
            레이다 피스톨 다운
            시 퀵 앤 마이 윈 휴,
            시 힌 미 오브 더 힛
            시 커스팅 컷 힘 샛아우더 라이딩,
            위스 댓 아올 스텔

승우, 참호를 등지고 책상* 앞에 앉아 담배를 피우고 있다.
책상은 노트북, 종이와 펜, 각종 지도와 사진,
잡다한 자료들로 빽빽하다.
승우, 꽁초가 수북한 재떨이에 담배를 비벼 끄고
일어나 돌아선다.

[자막] 제주 소년 나선호

승우, 작가노트와 커피잔을 들고 칠판 너머에 있는
선호의 참호로 다가간다.
삽질을 하던 선호, 인기척을 느끼고 화들짝 놀란다.

선호   어멍![6]

* 2019년 6월 중순. 승우의 서재, 서울.

선호, 반사적으로 참호 속으로 들어가 웅크린다.
다급하게 철모를 쓰고 소총을 들며 암구호를 외친다.

선호   피크닉!
승우   워싱턴.

선호, 참호 밖으로 빠끔히 얼굴을 내민다.
승우, 가볍게 손을 들어 인사한다.

선호   (한숨) 놀랬져게.[7]

승우, 선호에게 커피를 내민다.
선호, 참호 둔덕에 걸터앉으며 커피를 받는다.

선호   설탕 안 넣었지이?

승우, 고개를 끄덕인다.

선호   (쓴맛에 인상을 쓰며) 거, 국방군
                촌놈들이나 설탕, 설탕 허주,
                우리 카투사[8]는 단 거 안 좋아하매.
                하기야, 조선 놈들이 커피맛을 알아져?

선호, 후후 불어 가며 후루루 마신다.

승우   소속,
선호   미 보병 7사단 32연대 1대대 D중대.
승우   군번,
선호   K1102974.
승우   계급,

선호	이등병.
승우	직책,
선호	소총수.

승우, 물끄러미 선호를 본다.
선호, 승우의 눈치를 살핀다.

선호	맨날 거기까정만 물어봄쩌이.
	한숨 푹푹 쉬당 인사도 안행
	슬쩍 가버리잖아.
	무사 말 시키다 말앙 가젠혀는 거라?
	오늘도 그냥 가불젠?

승우, 잠시 머뭇거리다가 참호 둔덕 끝자락에 앉는다.
선호, 화색이 돈다.

선호	(주머니에 손을 넣으며) 초코렛 주카아?
승우	아니, 괜찮아.

승우, 호흡을 가다듬는다.

승우	고향, 제주도.
	나이, 열다섯.[9]
	이름, 나선호.
선호	아, 맞다. 어제 가고 난 생각 나신디
	우리 언제 본 적 있지 않애?
승우	…….
선호	우리 옛날에 만난 적 이셨지?
승우	글쎄.
선호	맞는디…….

승우, 말을 끊으며 일어난다.

승우	어떻게 하다가 군인이 됐지?
선호	어떵 되긴 어떵 돼?
	군대 오난 군인 됐주.
	(과장스럽게) 공산당 때려잡으러 왔주게!
승우	자원입대를 했단 말이지?
선호	게!10
승우	카투사는 어떻게 해서 된 거지?

선호, 승우의 갑작스런 질문에 잠시 당황한다.
억양이 높아진다.

선호	오합지졸 국방군을 어드레 댐나.
	삐까뻔쩍 미군이 최고주!
	게! 군복도 번지르르 해그네
	그냥 봐도 멋지지 않애?
	보급품도 얼마나 좋은디.
	씨레이션11 먹어봔?
	조선놈들은 꿈도 못 꾸매.

[지도영상] 한국전쟁 발발, 거침없이 남하하는 북한군의 진격,
한국군과 미군의 후퇴, 낙동강 전선의 대치 상황

승우	1950년 8월, 궁지에 몰린 미군은
	일본에 주둔 중인 7사단을 한반도에
	투입하기로 결정한다. 병력 보충을 위해
	맥아더와 이승만은 한국인 병사들을
	미군에 증원시키기로 합의한다.
	카투사의 탄생이었다.
	미군은 일본에 있는 훈련소로 보낼

예비병들을 부산에 집결시켰다.
(선호를 향해 고개를 돌리며) 예비병들
대부분은 부산과 대구에서 모병된
청년들이었어.
사실은 강제징병에 가까웠지.
자, 제주도에서 어떻게 부산까지
올 수 있었지?

선호   …….
승우   어떻게 카투사가 됐지?

선호, 말문이 막힌다.
초코바를 꺼내 우걱우걱 씹어 먹는다.
얹혔는지 가슴을 두드린다.
승우, 뚜껑을 열어 수통을 건넨다.
물을 마시는 선호의 등을 쓸어 준다.
선호, 갑자기 어깨를 들썩이며 훌쩍인다.

승우   어떻게 부산까지 끌려왔지?

선호, 소매로 눈물을 닦으며 승우를 본다.
승우, 선호의 어깨를 두드려 준다.

선호   더는 굴헝[12]에 이실 수가 어섰져.
            오름[13]서 내려온 날,
            바로 끌려갔져.
승우   청년단[14]으로 갔구나?

선호, 눈물을 닦으며 고개를 끄덕인다.

선호   거기에 머슴으로 잡혀이섰주.

승우, 작가노트를 펼쳐 받아 적는다.

선호   굴묵[15]이서 풍구질허고,
　　　　　가마솥에 밥허고, 소지[16]도 허고,
　　　　　맞기도 하영 맞어. 하영 맞으난
　　　　　나중이는 안 맞으면 좀도 안 와.
　　　　　굿 애푸타 눈, 그놈은
　　　　　나가 나손으로 죽일 거야.
승우   누구?
선호   강종양이. 청년단 지부장.

선호, 치를 떨며 진저리를 친다.

승우   그 사람이 널 부산으로 보냈구나?
선호   개새끼.

[지도영상] 부산항을 출발해 요코하마에 도착하는
수송선의 이동로

승우   1950년 8월 15일 저녁,
　　　　　부산항을 출발한 미군 수송선은
　　　　　313명의 예비병들을 태우고
　　　　　다음 날 새벽 요코하마에 도착하지.
선호   우린 어드레 가는지 알지도 못행.
　　　　　신문배달 허다 잡혀온 놈, 풀빵 팔다
　　　　　끌려온 놈……. 얼뱅이 같은 놈들이
　　　　　뭘 알아져?

　　　　　잔뜩 주눅이 든 예비병들.[*]

*   이러한 형식은 대본 중의 인서트 장면이다.

남루한 복장으로 줄지어 걷는다.

미군교관 존슨, 호루라기를 불며 등장한다.

선호, 예비병 대열에 합류한다.

존슨, 고압적 태도로 구령을 외친다.

"Attention!"

"About face!"

"Eyes front!"

"Ready front!"

"Forward, march!"

"Attention!"

"Left face!"

"Right face!"

예비병들, 정신없이 우왕좌왕.

"Lie down!"

반복해서 고함을 지르는 존슨.

눈치를 살피다 엎드려뻗쳐를 하는 예비병들.

"Shit!"

"Gook!"[17]

선호	구욱, 구욱.

이 새끼들 우리 보면 구욱, 구욱, 이랜.

나중에 알아부난. 니넨 똥이여

이 새끼들아, 그런 말이랜게.

경 할만 하주게. 개판이주.

우리가 가이들 말 알아들어지크냐,

가이들이 우리 말 알아먹어지크냐.

승우   뭐가 제일 힘들었어?

선호   (총을 보며) 이놈에 총! 보통 커?

보통 무거와? 훈련은 힘든디

키도 조그난 질질 끌리주.

나 별명 뭔지 알아? 랙이야, 랙.

Hey, rack. Hey, gun rack!
나보고 받침대랜, 에무원[18] 받침대.

[지도영상] 요코하마에서 인천으로 이동하는 미군 7사단의 항로

승우   삼 주차 훈련이 진행되던 9월 11일.
         요코하마를 출발한 부대는
         인천으로 향했지.
선호   우리는 모르고 이섰져, 이번에도.
         어느께 어드레 감신지,
         어떵 말을 해줘사지!
승우   인천상륙작전.[19]
선호   폭격을 얼마나 심하게 해신지사,
         초토화라, 초토화. 완전 쑥대밭이라.
         땅을 밟는디 무릎까정 쑥쑥 빠져.
         그때만 해도 전쟁 다 끝난 줄 알았주게.
승우   작전을 성공적으로 마친 맥아더는
         다시 원산상륙작전을 계획했어.

[지도영상] 인천, 영등포, 안양, 수원, 오산 등을 지나 부산에
집결하는 7사단의 이동로

승우   부산항을 출발한 부대는 11월 4일,
         원산 근처에 상륙했지.

[지도영상] 부산을 출발해 원산 아래 이원에 상륙하는
7사단의 항로

승우   함흥과 장진호 사이에 있는 구정리,
         바로 이곳에 숙영지를 잡았어.
         압록강을 향해서 북으로 공격하는

선봉대의 뒤편에 자리 잡은 거지.

[지도영상] 북한 지역에서의 미군의 진격과 북한군의 후퇴 /
전선 후방 장진호 부근에 자리 잡은 7사단 32연대의 위치

선호   후방 지원 작전.
                    (미소) 말이 작전이주, 막 널널핸.
                    춥다고 난리헌디, 앞에강 싸우는 애들
                    비허믄 배가 불렀주게.

승우, 책상 앞으로 가서 자료를 펼쳐 본다.

승우   심심한 구경꾼들은 남의 전쟁에
                    소풍 온 기분이었어.
                    대륙의 시커먼 먹구름이
                    몰려오고 있다는 걸 아직 모르고 있었지.
                    하지만 11월 중순, 상황은 달라졌어.
선호   전방부대 트럭 한 대 남쪽으로
                    지나가는디 시체들이 막 보영게.
                    피 찬찬한 놈 호나가 시체 조끄띠
                    안장 뭐랭 막 고람신디.
                    what? 무시거? 중공군?

[지도영상] 압록강 일대에서 장진호 방면을 향해 남하하는
중공군의 침투로

승우   중공군의 참전. 예상치 못했던
                    적의 등장이었다.

                    병사들, 무장을 하고 수색정찰을 나선다.
                    선호, 군장을 착용하고 분대원들과 합류한다.

정찰을 하던 대원들, 뭔가 발견한 스미스의
수신호에 따라 동시에 몸을 움츠린다.

밀러

"what is that?"

선호

"폭격 맞은 다리 아래로 뭔가 보여신디."

스미스

"사람인 거 같은데?"

토머스

"여자다."

밀러

"dead."

스미스

"움직이는데?"

토머스

"여자 밑에 아이가 있어."

선호와 분대원들, 어둑한 침묵에 휩싸인다.
서로 시선을 외면하며 터벅터벅 부대로
돌아온다.

선호, 참호 앞에 기대 조용히 입을 연다.

선호   아이는 살아이선.
           죽은 어멍 품에 안경
           아직꺼정 살아이셨져.

승우, 호흡을 머금고 선호를 응시한다.

선호   막사로 돌아왕 침낭 속에 누어신디
           좀이 안왕게. 좀을 잘 수가 어셨져.
명이   (소리) 호-오-이.

막힌 숨을 내뿜듯 애처롭게 들려오는 숨비소리.
선호, 몸을 웅크린다.

선호   좀을 잘 수가 어섰져.
명이   (소리) 호오이!

선호, 벌떡 일어난다.
숨을 몰아쉬며 뒤를 돌아본다.

6장 굴헝 속의 명이

병색이 짙은 명이의 기침 소리가 메아리쳐 들려온다.
동굴* 속 깊고 어두운 곳에 웅크려 앉아 있는
명이의 모습이 보이기 시작한다.
동굴 입구에 숨어 밖을 살피던 선호,
낮고 좁은 굴을 기어가 명이 앞에 앉는다.

[자막] 1948년 겨울. 제주도

명이	오라방.[20]
선호	응.
명이	오라방은 배 안 골아?
선호	…….
명이	배골다.[21]
선호	…….

명이, 몸을 오들오들 떤다.
선호, 윗옷을 벗어 명이를 감싸 안는다.
아주 작은 소리로 자장가[22]를 부른다.

선호   웡이 자랑 웡이 자랑
                  우리 아기 재와 줍서
                  잠잠 허영 누웡 자라
                  우리 명이 잘도 잔다

*   1948년 12월 말. 선호의 은신처. 제주.

우리 아기 단밥 먹엉
우리 명이 잘도 잔다
웡이 자랑 웡이 자랑

책상* 앞에 앉아 자장가를 듣던 승우,
잠든 선호와 명이를 본다.

승우   꿈결에 선호는 따뜻한 불턱[23]에 앉아
              어멍이 끓인 몸국[24]을 명이에게 먹였다.
              비릿하고도 구수하고 걸쭉하면서도
              미끄덩한 어멍의 몸국이
              선호와 명이의 언 몸을 녹였다.
              곤을마을.[25] 산지포 동쪽 오름,
              별도봉 기슭의 바닷가 작은 초가집에서
              선호는 나고 자랐다.
              아방은 밭일하는 농부였고,
              어멍은 바다의 해녀였다.

선호와 명이, 씩씩한 기운으로 일어나
함께 집 마당**으로 뛰어나온다.
선호는 호미를, 명이는 망사리[26]를 손에 들었다.

선호   아방은 밭에다 보리도 심고,
              콩도 심고, 팥도 심는다.
명이   어멍은 바당이서 성게도 따고,
              소라도 따고, 전복도 따온다.
선호   나도 아방 따라 지슬 캐고,
              당근도 캐고 감자도 캔다.

*   2019년 7월 초, 승우의 서재, 서울.

**   1948년 3월 말, 선호의 집, 제주.

명이	나도 어멍 따랑 문어도 잡고,
	멍게도 잡고, 해삼도 잡을 꺼라.
선호	좀녀 되젱허믄 넌 한창 멀었져.[27]
명이	나도 어멍 닮앙 숨 잘 참으매.
	쫌만 더 크믄 어멍이랑 물질[28]
	나갈 수 이시매.

명이, 해녀가 물속에서 물질하는 모습을 흉내 내며
마당을 돈다. 숨을 참고 돌다가 솟구쳐 오르며
하늘을 향해 숨비소리를 뱉는다.

| 명이 | 호오이. 호-오-이- 호오이! |

선호, 마당 흙바닥에 호미로 한글을 쓴다.
'나칠성. 양정순. 나선호. 나명이'

| 승우 | 선호는 십 리를 오가며 읍내에 있는 |
| | 야학에서 한글을 배웠다. |

명이, 마당에 새겨진 글씨 앞으로 다가온다.

선호	(자랑스럽게) 우리 식구들 이름이여.
명이	와, 우리 오라방, 완전 똑똑하네이.
승우	집에서 글을 아는 사람은 선호뿐이었다.
	글씨를 써서 가족들에게 보여줄 때가
	가장 행복했던 선호는
	책을 읽는 일도 점점 좋아하게 되었다.
	야학 책장에 꽂혀 있는 별나라, 새동무[29]
	같은 소년 잡지 몇 권과,
	때 묻은 전래동화집에 실린 홍길동과
	장화홍련을 읽어본 게 전부였지만,

선호	(불쑥) 오라방은 작가 될 꺼야.
승우	하늘에서 내려온 선녀가 틀림없는 선생님께서 가장 존경하는 위인이라며 헤밍웨이라는 작가를 소개했을 때,
선호	난 작가 될 꺼야!
승우	선호는 굳게 결심했던 것이다.
명이	작가가 뭐?
선호	글 쓰는 사람. 뭐, 소설 같은 거.
명이	소설이 뭔디?
선호	(당황) 소설이……, 개난이[30]……. (선생님에게 들은 말이 떠올라) 사람들 이야기여!

[음향] "타당! 타당! 탕탕!"

멀리서 산발적으로 들려오는 총소리.

명이	오라방, 이거 뭔 소리?

[음향] "타다다다다다! 타당탕탕탕! 탕탕탕탕탕! 타다다다다! 탕탕탕! 타당탕탕탕!"

총소리, 점점 가까워지며 무지막지하게 이어진다.
선호와 명이, 마당* 구석에 귀를 막고 몸을 웅크린다.

승우	토벌대원들과 청년단원들이 선호의 집에도 들이닥쳤다. 도망치던 게릴라 한 명이 마을로 숨어들었다는 이유였다.

---

* 1948년 12월 말, 선호의 집, 제주.

선호와 명이, 무릎을 꿇고 정면을 향해 싹싹 빌기 시작한다.

선호   살려줍써, 살려줍써, 우리 아방 살려줍써.
명이   살려줍써, 살려줍써, 우리 어멍 살려줍써.

[음향] "탕" 다시 "탕"

선호와 명이, 넋을 잃고 그대로 굳어 버린다.
승우, 말없이 자판을 두드린다.

[자막] 아방과 어멍은 선호와 명이가 보는 앞에서 총에 맞아
죽었다. 그들은 선호와 명이를 방으로 몰아넣고 보릿대에
불을 붙여 집을 태웠다. 땅도 하늘도 시뻘겋게 타들어 갔다.
사람도 죽고 집도 죽고 마을도 죽었다.

선호, 눈물을 닦으며 명이의 손을 잡고 일어난다.
숨을 몰아쉬며 맞은편 산을 본다.

승우   선호는 총탄과 불길을 피해
                 명이의 손을 잡고 달렸다.

선호, 명이의 손을 잡고 오름을 향해 달린다.

승우   더 먼 곳으로, 더 높은 곳으로,
                 살기 위해, 별도봉 너머 사라봉까지
                 오름을 향해 달리고 또 달렸다.
                 오름길 여기저기 핏물에 엉겨 붙은
                 시체들이 겹겹이 얼어 있었다.

동굴을 찾은 선호, 힘겹게 명이를 이끌며 동굴* 깊숙이
기어들어 간다.

승우   살아남은 사람들은 이 굴 저 굴,
           깊이깊이 숨어들었다.
           선호는 굼부리[31] 아래에서
           작은 굴 하나를 찾을 수 있었다.

[음향] "타당!"

동굴 밖 오름 중턱에서 총소리가 들려온다.
선호, 명이를 안으며 몸을 웅크린다.

[음향] "타당!" "타당!" "타당!" "타당!"

총소리, 일정한 간격[32]으로 들려온다.
선호와 명이, 총소리가 사라질 때까지 숨을 죽인다.

명이   오라방.
선호   응.
명이   호쏠 얼다.[33]
선호   ······.
명이   배골다.
선호   ······.

명이, 연신 기침을 한다.

승우   둘은 나흘이 지나도록
           아무것도 먹지 못했다.

* 1948년 12월 말, 선호의 은신처, 제주.

날이 추워질수록 명이의 몸은
점점 뜨거워졌다.

선호, 기어서 동굴 입구로 간다.
밖을 살피던 선호, 오름 아래로 몸을 낮춰 달리기 시작한다.
중턱에 도착한 선호, 총에 맞아 죽은 시신들 곁으로 간다.

승우	선호는 죽은 시신들 사이사이를 뒤졌다.
선호	죄송헌게 마씸.
	동생 막 아파부난예.

선호, 연신 소매로 눈물을 닦아내며 시신들 품속을 뒤진다.

선호	죄송헌게 마씸. 죄송허우라.
승우	선호는 핏물에 젖어 꽁꽁 언 감자
	두 톨을 얻을 수 있었다.

선호, 양손에 감자 하나씩 쥐고 기어서
명이 곁으로 다가온다.

승우	선호는 감자를 씹어서
	명이의 입속에 넣었다.
	명이는 잘 삼키지 못했다.

명이, 가늘고 희미한 목소리로 선호를 부른다.

명이	오라방.
선호	응?
명이	재밌난 얘기 어서어?
승우	굴에 들어온 후 선호는 명이가 무섭다고
	울 때마다 이야기를 들려줬다.

선호	이제 해줄 얘기 다 떨어졍 어신게.

어둠 속에서 물방울 떨어지는 소리만 들린다.
날카로운 칼바람 소리가 동굴 속을 휘감고 지나간다.

명이	무섭다…….

명이, 몸을 웅크린다.
책상 앞에 앉아 있던 승우, 일어나 동굴을 본다.

승우	어흥! 옛날 옛날에 엄청 큰 호랑이 한 마리가 살았어.
명이	어느마치 커언?
선호	거이, 막 오름보다도 커먼. 크기가.
승우	보자, 어디 잡아먹을 놈 없나?
선호	길 가는 나무꾼 호나를 발견핸.
승우	호랑이는 나무꾼이 지나가는 길목에 가서 입을 벌렸어.
선호	어? 동굴이여!
승우	나무꾼은 호랑이 배 속이 동굴인 줄 알고 들어갔어.
명이	무사?
선호	다리 아팡지, 짐은 무겁지, 하필 어디강 쉴 데 어신가 찾고 이실 때라부난.
승우	나무꾼은 사방이 벽으로 막힌 걸 보고서야 잡아먹혔다는 걸 슬퍼했어.
선호	어? 누게마씸?
승우	나는 백두산에서 잡아먹힌 소금장수요.

선호	반갑수다. 난양 한라산이서 잡아먹힌 나무꾼마씀.
승우	둘은 친구가 됐어.
선호	배고크다. 배고팜지이?
승우	머리를 맞대고 살아나갈 방법을 생각했지만
선호	거, 막 생각해도 어떵 나갈 방법 이서 산꺼아니?
승우	갑자기 나무꾼이 벌떡 일어났어.
선호	거, 배고파서 못 살켜!
승우	나무꾼은 벽을 보며 낫을 치켜들었어.
선호	맞아! 먹어 버리면 되주?
승우	나무꾼은 벽을 향해 낫을 꽂았어.
선호	쓱쓱 뱃속 괴기 파내기 시작핸.
승우	벽은 곧 맛있는 고기가 됐어.
선호	나무꾼은 괴기 썰고
승우	소금장수는 소금을 내왔어.
선호	괴기를 소금에 찍어 꼭꼭 씹어 먹었주.
명이	호랑인 어떵 된?
선호	막 난리 났주게. 놀랭이 영 구르고 정 구르고, 미쳐그넹 막 와리방 뛰어댕김신디, 이제 뱃속이서 막……

[음향] "뽀득" "뽀득" "뽀득"

그때, 눈길을 밟고 다가오는 토벌대원 박양근의
군화 소리가 들려온다.
선호와 명이, 잔뜩 몸을 웅크리며 숨을 죽인다.

소총을 든 박양근, 동굴 근처로 다가온다.

입구를 찾다가 고개를 갸우뚱거리며
소총을 어깨에 멘다.
돌아서서 내려가는 양근.

명이, 기침을 한다.
선호, 명이의 입을 손바닥으로 막는다.
다시 터져 나오는 명이의 기침 소리,
선호의 손을 빠져나가 메아리쳐 울린다.

멀어지던 양근, 걸음을 멈춘다.
뒤를 돌아본다. 소총을 든다.
동굴 근처로 한 발 한 발 다가온다.

명이, 안간힘을 쓰며 기침을 참는다.
선호, 명이의 입을 손으로 틀어막는다.

양근, 동굴 입구를 찾는다.
동굴 안쪽을 향해 몸을 숙이며 총을 겨눈다.
양근, 손전등을 꺼내 동굴 속을
천천히 훑는다.

선호, 명이를 온몸으로 감싸 벽면에 있는 힘껏 밀착시킨다.
숨 막히는 정적이 이어진다.
번들거리던 불빛, 사라진다.

양근, 일어나 어깨에 총을 멘다.
"카아악, 퉤."
침을 뱉으며 돌아선다.
양근, 산을 내려간다.

선호, 한숨을 뱉으며 이마의 식은땀을 닦는다.

선호   많이 놀랬지이? 괜찮으매…….

선호, 흠칫 놀라며 몸을 뺀다.
명이의 목이 힘없이 꺾인다.

[음향] "호-오-이-"

메아리쳐 울려 오는 숨비소리.
선호, 소리가 들려오는 곳을 향해 돌아본다.
어둠 저편에서 서서히 등장하는 순이.
선호, 숨을 몰아쉬며 순이를 본다.
순이, 끊긴 다리 위에 우두커니 서 있다.

[음향] "호오이!"

막힌 숨을 내뿜듯 애처롭게 들려오는 숨비소리.
선호, 벌떡 일어선다.

선호   난 막사 나왕 다리 향행
               막 달음박질 쳤주.
               아이는 이적 숨을 쉬고 이섰져.
               엄마 젖 쥐멍 좀들어 이섯서라.

선호, 달려가 순이를 끌어안는다.
순이를 들쳐 업는 선호, 숨을 몰아쉬며 정면을 본다.

선호   나는 아이 업엉 막사 향행
               막 돌리기 시작했져.
승우   너는 오름을 향해 달리기 시작했어.
선호   방죽 따랑 쉬지 않고 달렸주.

승우	너는 동굴을 향해 달리고 있었어.
선호	아이는 아적 살아이셨서.
	나는 아이 업엉 돌리고 또 돌렸어.
승우	그래, 너는 그 순간,
	명이의 손을 잡고 달리고 또 달렸어.
명이	(소리) 호오이!

7장 상자 속의 순이

자욱한 밤안개가 걷히면서
선호와 순이의 실루엣이 서서히 드러난다.
막사* 구석, 선호의 침낭 속에 잠들어 있는 순이.[34]
선호, 침낭 옆에 앉아 순이의 얼굴을 내려다본다.
몇 번이고 순이의 얼굴에 귀를 가져다 대본다.
선호, 손수건으로 때꼽재기 가득한 순이의 얼굴을 닦아 준다.
책상** 앞의 승우, 노트북 자판을 두드린다.

승우   밤새 아이의 숨소리를 확인하느라
             선호는 깊은 새벽에야 잠이 들었다.

선호, 순이 옆에 누워 잠이 든다.

승우   다음 날 아침 선호가 눈을 떴을 때,
             아이는 덩치 큰 삼촌들에게 둘러싸여
             있었다.

             스미스
             "Look, look!"
             분대원들, 순이 곁으로 다가와 둘러앉는다.
             분대원들
             "Oh, my god."

*   1950년 11월 중순. 선호의 막사. 구정리.
**   2019년 7월 말. 승우의 서재. 서울.

"Oh, Gee!"

"Oh, boy!"

"Oh, baby."

"Oh, cute."

"Oh, pretty."

호들갑을 떠는 동안

순이, 눈을 뜬다.

스미스

"어? 깼다."

토머스

"Hi, 몇 살?"

밀러

"우리 baby, name이 뭐야?"

순이, 코를 실룩거리다가 울음을 터트린다.

밀러

"Oh, sweetie, sweetie."

토머스

"Sorry, sorry"

스미스

"너 땜에 우는 거야, 인마."

토머스

"Oh sweetie it's okay."

선호, 잠에서 깬다. 순이를 안아 어른다.

울음을 그치는 순이.

분대원들, 천진난만한 표정으로

둘을 지켜보다가 그제야 상황 파악을 하고

표정이 굳어진다.

스미스

"이런 겁대가리 없는 이등병을 봤나."

밀러

"언제 가서 데려온 거야?"
토머스
"코흘리개 여군의 등장이라.
이거 좀 복잡하다."
선호, 고개를 숙인다. 잠시 침묵이 흐른다.
토머스
"잘했어."
스미스
"대장이 알면 당장 영창감이야."
토머스
"뭐. 전쟁터보다야 감옥이 좋지 않겠어?"
스미스
"모여봐."
분대원들, 막사 입구 쪽으로 간다.
머리를 맞대고 속닥속닥,
분분한 의견을 나눈다.

순이   배고파.

분대원들, 말을 멈추고 순이를 돌아본다.

승우   아이가 입을 열어
             처음으로 뱉은 그 말이,
             배, 고, 파, 라는 그 작고 여린
             삼음절이 무슨 말인지,
             분대원 모두는 단번에 알아들을 수
             있었다.
순이   배고파.
승우   씨레이션 박스 속에 아이가
             넘길 수 있는 음식은 많지 않았다.
             선호는 꽁꽁 얼어 버린 분유 덩어리를

녹여 아이에게 떠먹였다.

선호의 방한 상의를 원피스처럼 입은 순이,
멍하니 허공을 보며 잠자코 분유를 받아먹는다.
순이의 입가를 닦아 주던 선호, 잠시 고개를 갸웃거린다.
손바닥을 펴서 순이의 눈앞에 흔들어 본다.
순이의 눈동자에 반응이 없다.

승우   아이는 앞을 볼 수 없었다.
             당달봉사. 겉으로 보기에는
             멀쩡해 보이지만 앞을 볼 수 없는 눈.
             전쟁이 그렇게 만든 아이들이 많았다.

선호, 순이의 머리를 쓰다듬는다.

선호   이름이 무시거?

순이, 멍하니 선호를 본다.

순이   순이.
선호   순이?
순이   응, 순이!
선호   그래, 순이.
             순이 몇 살?

순이, 손가락 네 개를 펴 보인다.

선호   네 살? 우리 순이, 네 살이구나이.

순이, 갑자기 귀를 막고 웅크리며 벌벌벌 몸을 심하게 떤다.
멀리서 전투기 소음이 잠시 들려왔다가 사라진다.

선호, 순이의 등을 쓸어내린다.

선호   아이구, 막 놀랜? 괜찮으매, 괜찮으매.

순이, 선호의 품에 쏘옥 안긴다.
선호, 순이 얼굴의 눈물을 닦아 준다.

          분대원들, 빈 포탄 상자* 하나를 들고 와 막사
          구석에 놓는다.
          스미스
          "어렵게 구했어."
          밀러
          "야적장을 다 뒤졌어."
          토머스
          "맥아더가 개발한 신제품이래.[35]
          뚜껑 달린 싱글."

승우   순이의 특별한 침실은 막사 구석,
          소총 거치대 뒤편의 은밀한 곳에
          자리 잡았다.

선호, 순이의 손을 잡고 포탄 상자 앞으로 간다.
순이를 번쩍 들어 상자 속에 앉힌다.

          토머스
          "오! 잠자는 숲 속의 공주!"
          분대원들, 장난치며 웃는다.
          그때, 갑자기 막사로 들어오는
          대대장 페이트.

*   1막의 나무상자와 같은 상자.

긴장감이 엄습한다.

선호, 급히 순이를 눕히고 상자의 뚜껑을 닫는다.

> 페이트
> "저 상자는 뭐지?"
> 밀러
> "쓰고 남은 포탄 운반상자입니다."
> 페이트
> "껍데기의 이름은 나도 알아.
> 어떤 알맹이가 숨어 있지?"
> 토머스
> "…… 비어 있습니다."
> 페이트
> "지금 그 말을 믿으란 말인가?"

승우　　　**바로 그때**

> 스미스
> "대원들의 개인별 의료키트를 모아서
> 보관 중입니다.
> 비상 상황이 발생했을 때 신속하게
> 운반하기 위해서 내린 조치입니다."
> 페이트
> "너무 큰 상자를 골랐군."
> 스미스
> "약간의 럼주도 짱박아 가는 중입니다."
> 페이트, 막 뚜껑을 열려던 손길을 멈춘다.
> 돌아서서 잠시 스미스를 응시한다.
> "솔직해서 좋다."
> 스미스

"감사합니다."
페이트
"아쉽군. 잠자는 숲 속의 공주라도 누워
있기를 기대했는데 말이야. 하하하. 하하하."
페이트 중령, 나간다.
토머스
"대대장한테 하이파이브 할 뻔했어. 하하하.
숲 속의 공주. 하하하."

선호, 가슴을 쓸어내리며 상자 뚜껑을 연다.
순이, 상자에서 나와 선호에게 안긴다.

선호   이제 초소에 가봐사될꺼.
       조금만 기다리고 이시라이?
       알았지이?

선호, 상자 속에 순이를 앉힌다.

승우   잠자는 상자의 공주는 키 작은 소년병이
       다시 뚜껑을 열어줄 때를 기다리며

순이, 눕는다.

승우   상자 속에서 깊고 깊은 잠에 빠져들었다.

선호, 순이의 머리를 쓰다듬고 뚜껑을 닫는다.

승우   11월도 그 끝으로 향하고 있었다.
       영하 삼십 도를 밑도는 지독하게
       추운 날들이 계속되었다.
       그해 겨울 장진호는 미군 역사상

가장 추운 전장이었다.
추위도 추위였지만
머잖아 작전명령이 떨어질 것이라는
긴장감이 막사를 차갑게 맴돌았다.

토머스와 밀러, 상자와 선호를 번갈아 본다.
밀러
"언제까지 함께 있을 순 없잖아?"
토머스, 한숨을 쉰다.
이때, 스미스 들어와 선호를 향해
주먹을 쥐어 보인다.
토머스
"오? 앰뷸런스에?"

승우   다행히도 순이를 안전한 곳으로
보내는 길이 열렸다.
앰뷸런스 운전병이 상자를 실어 주기로
약속했다는 것이었다.

밀러
"언제 데리러 오는데?"
스미스, 윙크하며
"며칠만 잘 숨기고 있으래."

승우   순이를 후방의 야전병원으로 보내자는
스미스의 비밀 작전에 모두들
흡족해했다.

토머스, 혀를 내밀며
"이제 선호는 어떡하면 좋아?"
스미스, 막사 밖을 보며

"어? 저거 뭐야?"
분대원들, 동시에
"와! 칠면조다!"

승우   아직은 평화로운 골짜기였다.
                 선호는 특식으로 나온 칠면조를 들고
                 잠자는 공주님을 깨우러 갔다.

선호, 칠면조 다리를 들고 상자 앞으로 간다.
상자 뚜껑에 노크한다.
똑, 똑, 똑똑, 똑, 똑, 똑.

승우   똑, 똑, 똑똑, 똑, 똑, 똑.
                 끊어서 두 번, 빠르게 두 번,
                 다시 끊어서 세 번,
                 선호와 순이, 둘만이 알고 있는
                 비밀 신호였다.

순이, 뚜껑을 열고 빼꼼 얼굴을 내민다.
선호, 칠면조 고기를 뜯어 순이의 입속에 넣어 준다.

승우   둘은 추수감사절[36]의 행복한 만찬을
                 함께 즐겼다.

순이, 상자 속에 눕는다.
선호, 순이의 얼굴을 쓰다듬고 상자 뚜껑을 닫는다.
선호, 상자 옆에 나란히 눕는다.
선호, 몸을 뒤척인다.

명이   (소리) 호-오-이---.

선호, 일어나 앉는다.
품속에서 수첩*과 몽당연필을 꺼낸다.
선호의 수첩을 보던 승우, 잠시 호흡을 고른다.

승우   순이가 잠든 상자 옆에 누워 있을 때면
           사라봉 오름에서, 그 작은 동굴에서,
           오빠를 기다리고 있는 명이를
           느낄 수 있었다.

선호, 연필심을 입으로 빨아 녹이며 수첩을 편다.

승우   선호는 야전지휘소의 작전병에게
           부탁해 종이를 조금씩 얻었다.
           씨레이션 박스를 잘라 만든 겉장에
           사등분한 갱지들을 모아 군화 끈으로
           묶었다. 선호의 작은 수첩은 그렇게
           만들어졌다.

선호, 수첩에 일기를 쓴다.

승우   이야기가, 그 많은 이야기들이
           끝도 없이 터져 나오기 시작했다.
           말 못했던 사연들이, 쓰지 못한
           편지들이, 깨알 깨알 살아나
           한 줄 한 줄 수첩을 채워 나갔다.

똑, 똑, 똑똑, 똑, 똑, 똑.
상자 속에서 들려온다.

* 1막의 마지막 장면에서 대길이 불태우려고 꺼내 들었던 바로 그
수첩이다.

68

선호, 수첩을 품에 넣고 상자 뚜껑을 연다.
순이, 얼굴을 내민다. 눈을 비비며 훌쩍인다.
선호, 순이를 안아 상자 맡에 앉힌다.

선호   웡이 자랑 웡이 자랑
                  우리 아기 재와 줍서
                  잠잠 허영 누웡 자라
                  우리 순이 잘도 잔다

선호, 순이 옆에 앉아 자장가를 부른다.
승우, 천천히 상자 앞으로 다가간다.
조용히 순이 옆에 앉는다.

승우   우리 아기 단밥 먹엉
                  우리 봄이 잘도 잔다
                  웡이 자랑 웡이 자랑

승우, 지그시 눈을 감는다.

8장 갱도 속의 상자

[음향] "쾌광!"

갑자기 멀지 않은 야산 너머에서 포탄이
폭발하는 소리가 들려온다.
상자* 옆의 선호, 놀라 일어난다.

선호, 서둘러 군장을 착용한다.
책상** 앞의 승우, 눈을 비비며 선호를 본다.

[지도영상] 낭림산맥 일대에서 장진호를 향해 남하하는
중공군의 이동로

승우   중공군의 침투는 예상보다 훨씬 빨랐다.
            1950년 11월 26일 오후.
            선호와 대원들에게도
            마침내 작전명령이 떨어졌다.

선호와 분대원들, 긴장감이 역력한 표정으로
소총을 들고 집합한다.

승우   다음 날 아침까지 야간매복 임무가
            주어진 것이었다.

*   1950년 11월 말, 선호의 막사, 구정리.
**   2019년 8월 중순, 승우의 서재, 서울.

대원들은 중공군의 동태를 살피기 위해
막사를 떠나 1241고지로 향해야 했다.

선호
"순이는 어떻허지?"
토머스
"앰뷸런스는?"
스미스
"…… 내일 온다고 했어."

승우   대원들은 고심 끝에 야적장이 있는
갱도 입구로 상자를 옮겼다.

분대원들, 상자를 갱도 안으로 옮긴다.

승우   곡사포와 탄약 박스들 사이의 빈틈에
상자를 놓을 수 있었다.

토머스
"하하하, 꼭 미라 같다."
선호
"옷을 몇 겹 껴입혀신지 모르켜.
온몸 몽땅 막 둘러부시난."
밀러
"얼어 죽지는 않겠다."
선호
"상자 속이 틈틈이 초코렛 이신거
다 쑤셔 박았져."
스미스
"많이도 넣었다."
토머스

"혹시 배 터져 죽을지는 모르겠다. 하하하."
분대원들, 대형을 갖추고 갱도를 떠나
고지를 향해 길을 나선다.
선호, 자꾸 뒤돌아본다.
"막 걱정 되그넹 참을 수가 어서라."

승우   선호는 순이가 있는 갱도를 향해 뛰었다.
               똑, 똑, 똑똑, 똑, 똑, 똑.

선호, 상자 뚜껑을 두드린다.
순이, 뚜껑을 열고 얼굴을 내민다.
선호, 순이의 볼을 감싼다.

선호   금방 오크라. 딱 하룻밤이여. 알았지이?

순이, 고개를 끄덕인다.

선호   손.

순이, 손을 내민다.
선호, 순이의 손을 잡고 호---호---
입김을 불면서 비벼 준다.

승우   동상을 앓고 있던 순이의 왼손이
               마음에 걸렸던 것이다.

순이, 선호를 꼬옥 끌어안는다.
선호, 순이를 상자 안에 눕힌다.

승우   순이는 상자 속에 누웠다.

자판을 두드리던 승우, 타이핑을 멈춘다.

선호   금방 감방와 오크라.

선호, 뚜껑을 닫고 돌아서서 대원들을 향해 달려간다.
승우, 일어나며 담배에 불을 붙인다.
어둑한 책상 앞을 서성인다.

          고지에 도착한 분대원들,
          각자의 참호를 파고 들어가
          매복을 시작한다.
          하늘이 점점 어두워진다.
          밀러
          "또 한바탕 쏟아붓겠네."
          분대원들, 먹구름을 올려다본다.

참호 속에 앉아 있던 선호,
품속에서 수첩과 연필을 꺼낸다.
선호, 일기를 쓴다.

선호   1950년 11월 26일.
          매복허젠 1241고지에 올라왔다.
          산마루 아래 참호 속에 앉앙 일기 쓴다.
          순이를 갱굴 속에 있는 야적장 구석에
          숨기고 와신디. 야전병원으로 보내는
          날이 내일인디 마음 막 서운호다.
          뚜껑 닫젱허난, 순이가 다시
          열어줄 거지?
순이   (목소리) 다시 올 거지? 열어줄 거지?

싸락눈이 날리기 시작한다.

선호, 하늘을 올려다보다가 다음 문장을 쓴다.

선호   나는, 금방 오크라, 하멍 뚜껑 닫았다.

날이 점점 저문다.
우두커니 서 있던 승우, 노트북 앞에 앉는다.
심호흡을 하고 자판을 두드린다.

승우   나는, 금방 올게, 하고 뚜껑을 닫았다.

조명이 깜빡깜빡 꺼졌다 켜졌다 흔들리기 시작한다.

선호   나는, 금방 오크라, 하멍 뚜껑 닫았다.
             나는, 금방 오크라, 하멍 뚜껑 닫았다.

수첩에 글씨를 쓰던 선호, 같은 문장을 수차례 반복한다.
다음 문장이 생각나지 않아 답답한 듯 같은 문장을
이렇게도 읽어 보고 저렇게도 읽어 보고
수다를 떨 듯 떠들던 선호,
갑자기 멈춘다.
한동안 멍하니 앉아 있던 선호, 뒤돌아 승우를 본다.
승우, 선호에게 등진 채 말없이 서 있다.
선호, 수첩을 펼쳐 앞장부터 다급하게 넘겨 보다가
벌떡 일어난다.
선호의 얼굴, 창백하게 일그러진다.
고통스럽게 숨을 몰아쉰다.
점점 호흡이 가빠진다.

승우   나는, 금방 올게, 하고 뚜껑을 닫았다.

깜빡깜빡 흔들리던 조명, 완전히 꺼진다.

어둠 속에서 들려오는 승우의 목소리.

승우   너의 일기는 거기까지야.
                   뚜껑을 닫았다.
                   닫았다.

칠흑 같은 어둠.
무겁게 내려앉은 정적.
숨 막히듯 이어지던 긴장을 깨부수며

[음향] "뿌우우우우우우우우우우우우우우
뿌우우우우우우우우우우우우우우우뿌우우우우우우우"

중공군의 나팔 소리가 난데없이 휘몰아쳐 온다.

[음향] "꿍찌! 꿍찌! 꿍찌! 꿍찌! 꿍찌! 꿍찌! 꿍찌! 꿍찌!
꿍찌! 꿍찌! 꿍찌! 꿍찌! 꿍찌! 꿍찌! 꿍찌! 꿍찌! 꿍찌!"

공격 개시를 알리는 고함이 전후좌우 사방에서 봇물 터지듯
쏟아진다.
이어지는 대나무 피리 소리가 어둠의 공포를 뱀처럼 휘감아
달려든다.

[음향] "삐이이이이이이삐이이이이이이-
둥둥둥둥둥둥둥둥둥둥둥둥둥둥둥-
징징징징징징징징징징징징징징징"

위압적인 북소리와 징 소리가 파도처럼 밀어닥치며
조명탄의 불꽃이 어둠을 찢는다.

[음향] "꿍찌! 꿍찌! 꿍찌! 꿍찌! 꿍찌! 꿍찌! 꿍찌! 꿍찌!

꿍찌! 꿍찌! 꿍찌! 꿍찌! 꿍찌! 꿍찌! 꿍찌! 꿍찌! 꿍찌!"

중공군 대병력의 함성과 함께

[음향] "따다다다다다다! 타타타타타타당! 뻥! 뻥! 꽈광! 쾅!
타다다다다다다다! 콰방! 쾅! 뻥! 따다다다다"

기관총 소리, 총탄 소리, 포탄의 폭파 소리가
혼재되어 들려온다.
한동안 이어지던 전장[37]의 굉음이 점차 사그라진다.
고요한 정적.
자욱한 포연이 걷히며 아침이 밝아 온다.
거친 눈보라가 몰려왔다가 물러가면
참호 속에 누워 양팔을 벌린 채 죽은 선호의 모습이 드러난다.
책상 앞에 양손으로 머리를 감싸고 앉아 있던 승우,
고개를 들어 노트북을 본다.
심호흡을 하고 다시 자판을 두드린다.

[자막] 아무것도 보이지 않았고 아무것도 느껴지지 않았고
아무 소리도 들을 수 없었고 아무 말도 할 수 없었다.
다섯 곳에 파편을, 세 곳에 총탄을 맞았다. 그중 하나는
정확하게 기도를 뚫고 지나갔다. 선호는 마지막이라는 것을
알았다. 마지막 숨을 가쁘게 내쉬고 있던 바로 그 순간에
선호의 눈앞에는 고향집 마당이 펼쳐졌다.

　　　　"호오이— 호오이."
　　　　망사리를 든 명이,
　　　　물질하는 모습을 흉내 내며
　　　　마당 가운데 놓인 순이의 상자를 빙빙 돈다.
　　　　숨을 참고 돌다가 솟구쳐 오르며
　　　　하늘을 향해 숨비소리를 뱉는다.

"호오이. 호오이!"

승우 　　　　선호가 눈을 감지 못하는 동안에도
　　　　　　눈송이는 점점 굵어져 갔다.
　　　　　　얼룩져 흔들거리는 명이와 순이의 얼굴이
　　　　　　하얗게 하얗게 눈앞으로 날아와 번졌다.
　　　　　　날이 밝아 왔다. 선홍빛 햇살이 눈 덮인
　　　　　　산마루를 적셔 온다.[38]
　　　　　　솜사탕처럼 소복하게 부푼
　　　　　　선호의 시체가 벌겋게 물들어 간다.
　　　　　　거센 바람에 불리어,
　　　　　　휘몰아쳐 날리는 눈발들.
　　　　　　눈을 뜬 채 누워 있는 선호의 얼굴이
　　　　　　눈보라 속으로 희미하게 사라져 간다.

승우, 책상 앞에 멍하니 앉아 있다.
그때 어디선가 들려오는 노랫소리.
승우, 일어나 노래*가 들려오는 곳으로 다가간다.
눈보라가 걷히면 삽을 들고 쉼 없이 방공호[39]를
파고 있는 한 청년의 모습이 드러난다.
때와 땀에 절어 있는 중공군 방한복 차림의 호룡,
격렬하게 군가를 부르며 삽질을 한다.

호룡 　　　　츠주주 츠양강 화부안우쟈
　　　　　　황노피 외주노 츠슈오샤샤
　　　　　　중구오 하왈리 츠르시 왕즈지
　　　　　　항미웬조 다팔미로 니신야

* 　　　중국인민지원군의 군가. 내용은 다음과 같다. "기세도 당당히
압록강 건너, 내 조국 내 고향 평화를 위해. 용감한 중국의 아들딸들
앞으로, 항미원조로 승냥이를 쳐부수자."

호룡, 잠시 삽을 꽂고 땀을 닦는다.
다시 삽을 잡으려던 호룡, 멈칫 승우를 향해
고개를 돌릴 때
조명, 빠르게 꺼진다.

주

5장

3   숨비소리 : 해녀가 물질을 마치고 물 밖으로 올라와 내쉬는 숨소리.

4   구정리 : 함흥과 장진호 사이에 있는 지역. 미군 32연대 1대대의 숙영지가 있었다.

5   〈Pistol Packin' Mama〉: 1943년 알 덱스터가 불러 히트한 노래이다. 선호는 흑인 병사가 흥얼거리는 노래를 들으며 뜻도 모른 채 멋대로 가사를 익혔을 것이다. Pistol Packin' Mama는 당시 미군 폭격기 B-24의 별칭이기도 하다. 노래의 본래 가사는 다음과 같다. "Drinkin' beer in a cabaret And I was havin' fun. Until one night she caught me right. And now I'm on the run. / Lay that pistol down, Babe. Lay that pistol down. Pistol Packin' Mama, Lay that pistol down. / She kicked out my windshield. She hit me over the head. She cussed and cried and said I lied And I wished that I was dead. / Lay that pistol down, Babe. Lay that pistol down. Pistol Packin' Mama, Lay that pistol down."

6   어멍 : '엄마'의 제주말

7   놀랬게게 : '깜짝이야'의 제주말

8   군번 앞에 K가 붙는 카투사는 미군에 증원된 국군을 뜻한다. 1950년 8월, 병력이 부족한 상태에서 한반도에 투입될 예정이던 미군의 전투임무 수행을 지원할 목적으로 이승만과 맥아더의 합의에 의해, 처음 생겼다. 1950년 8월 15일 313명이 부산항을 떠나 일본 주둔 미군훈 련소에 입대한 것이 그 시작이었는데, 1953년 말에는 2만 3,922명에 이르렀다. 미군이 공식 확인한 전사자만 9,471명에 달한다.

9   15세 소년병 : 한국전 당시 전투에 참가한 소년병의 수는 의외로 많다. 소년병 2만 9,603명, 전사자 2,573명이라는 국방부의 공식 집계보다 훨씬 많았을 것이라는 게 정설이다.

카투사가 된 소년병들도 적지 않았다. 6 · 25참전 소년병
전우회가 펴낸『우리들의 아름다운 날을 위하여』(2005)에
나오는 김현석 씨의 증언에 따르면 1950년 8월, 당시 15세였던
그는 대구 어느 거리에서 모병관에게 붙들려 영문도 모르고
부산항에서 요코하마의 미7사단으로 끌려갔다. 군번 K1101970
을 받은 그는 입대 한 달 만에 인천상륙작전에 투입되었다.

10   게 : '그럼'의 제주말

11   C-Ration : 미군 전투식량

12   굴형 : 구렁(동굴)의 제주말

13   오름 : 제주에 많은 소형 화산체로 낮은 산이라 보면
된다.

14   서북청년단 : 해방 직후 생겨난 극우폭력단체. 특히
4 · 3에서의 그들의 만행은 차마 입에 담기 괴롭다.

15   굴묵 : 아궁이 역할을 하는 제주의 난방 시설

16   소지 : '청소'의 일본말

17   gook : 오물. 때. 동양인을 무시하는 말로 쓰인다.

18   M1소총 : 보통 '에무원'이라 불렸다. 당시 미군의 주력
소총이다.

19   선호가 속한 7사단 32연대는 9월 18일 인천에 상륙한다.

6장

20   오라방 : '오빠'의 제주말

21   배골다 : '배고파'의 제주말

22   〈웡이자랑〉 : 제주 전래 자장가. 가사를 조금 수정했다.

23   불턱 : 제주 해녀들이 불을 지펴 추위를 녹이던 곳

24   몸국 : 제주 토속음식으로 돼지고기를 삶은 국물에
모자반을 넣어 끓인 국이다.

25   곤을마을 : 제주시 화북 근처에 있는 곤을동. 1949년
1월, 이른바 4 · 3사건 때 초토화됐다. 훗날 '잃어버린 마을'
이라는 이름이 붙었다. 극에서는 1948년 12월에 벌어진 일로
조정했다.

26 망사리 : 해녀의 그물주머니

27 '해녀 되려면 넌 아직 멀었어'의 제주말

28 물질 : 해녀의 채취 활동을 일컫는다.

29 소년잡지 :『별나라』(1945년 창간)『새동무』(1946년 창간)

30 개난이 : '그러니까'의 제주말

31 굼부리 : 분화구의 제주말. 오름에 있는 소형 분화구를 가리킨다.

32 토벌대가 오름 중턱의 굴에서 찾아낸 양민들을 밖으로 끌어내 한 명씩 차례로 처형하는 간격을 말한다.

33 호쏠 얼다 : '춥다'의 제주말

7장

34 이 막사는 선호의 분대원들이 숙소로 사용한 12인용 분대형 텐트를 말한다.

35 빈 포탄 상자를 보며 맥아더의 '폭격왕'적 기질을 비꼬는 농담이다.

36 1950년 11월 23일.

8장

37 미 32연대 1대대는 구정리의 숙영지를 출발 11월 27일 신흥리에 도착한다. 그날 밤 중공군 정찰대와 소규모의 조우전이 있었으나 대수롭게 생각하지 않았던 대대장은 다음 날 몰려온 중공군의 기습 공격에 8백여 명의 장병들과 함께 전사한다. 그때서야 군단장 앨먼드는 '동부 전선의 미군은 더 이상 전진하지 않기로 한다'는 결정을 내린다.

38 선호가 죽은 11월 27일, 장진호에는 큰 눈이 내렸고 영하 35도였다고 기록에 남아 있다.

39 신흥리는 장진호와 흥남 사이에 위치한 산간 마을이다. 호룡이 속한 중공군 81사단 242연대의 숙영지는 사실 근방의 다른 곳에 있었지만 극적 효과를 위해 선호가 죽은 1241고지가

위치한 신흥리로 설정했다.

3막
만주 청년 강호룡

9장 방공호 속의 지원병

막이   (소리) <u>호호호호호호호.</u>

소녀의 천진한 웃음소리가 골짜기를 맴돌다 사라진다.
방공호 입구* 등걸에 앉아 감자를 먹던 호룡,
잠시 산등성이를 둘러본다.

[자막] 1950년 겨울. 장진호

인상을 쓰며 손바닥으로 귀를 두르려 보던 호룡,
다시 입김으로 언 감자를 녹여 가며 씹는다.
근육으로 다져진 탄탄한 몸,
왼쪽 뺨의 흉터에 덥수룩한 수염까지
늑대를 연상시키는 거친 외모와 대비되는
깊고 큰 눈이 인상적이다.
승우, 책상**에 팔을 짚고 서서 호룡을 지켜본다.

[자막] 만주 청년 강호룡

승우, 책상에 놓여 있던 호빵을 들고 호룡에게 다가간다.

호룡   어!

*   1950년 12월 2일, 호룡의 방공호, 신흥리.
**   2019년 9월 중순, 승우의 서재, 서울.

호룡, 반색하며 함빡 웃는다.

호룡   오랜만임다.

승우, 호룡에게 호빵을 건넨다.
호룡, 호호 불어 가며 맛있게 먹는다.

호룡   어디 갔었슴까? 영영 가버린 줄 알고
               영 섭섭했슴다. 기칸데, 우리 옛날에도
               한 번 만난 적 있지 않았슴까?
               낯이 익는데 아무리 생각을 해봐도
               기억이 잘 안 남다.
승우   ······.
호룡   (고개를 갸우뚱거리며) 아님까?
승우   (말을 끊으며) 발은? 괜찮아?
호룡   그까짓 동상, 일없슴다.
승우   추운 건 좀 어때?
호룡   내 고향 어딘지 까먹었슴까?
               백두산 아래 첫 마을 이도강촌[40] 아님까?
               오뉴월에도 서리가 내리는 곳임다.
               이까짓 추위야, 뭐이 춥슴까?

호룡, 승우를 돌아본다.

호룡   그동안 공부는 좀 했슴까?
               갈케준 것도 망탕 잊어뿐 거 아님까?

호룡, 일어선다.
승우, 따라 일어난다.

호룡   이름.

승우	강호룡.
호룡	고향.
승우	백두산.
호룡	나이.
승우	스물둘.
호룡	소속.
승우	중국인민지원군 27군 81사 242단 3영 1련.[41]
호룡	직책.
승우	소총병.
호룡	계급.
승우	인민해방군[42]은 계급을 나누지 않는다. 모든 병사는 다 같은 인민이며 다 같은 전사다.[43]
호룡	군번.
승우	인민지원군[44]은 항미원조전쟁[45]에 자발적으로 지원한 군번 없는 전사들로서 모표와 흉장을 달지 않는다.[46] 오직 군복에 달린 붉은 별 단추만이 영광스런 해방군의 전사임을 증명한다.[47]
호룡	대거![48] 공부 좀 했슴다?

호룡, 웃으며 엄지손가락을 치켜세운다.

호룡	우리 어디까지 했었슴까?

호룡, 승우를 등걸에 앉힌다.

호룡	국부군[49] 시절은 했었슴까? 염석산[50] 부대 때 말임다.

승우, 고개를 끄덕인다.

호룡 연안에서 죽었다 살아난 이야기는
    했었습까?[51] 팔로군[52]에 어케 들어갔는지
    말임다. 해방전쟁, 그 고생은 말로
    다 못함다. 북경에서 남경까지, 이슬이
    침상이고 바람이 이불이었습다.

[지도영상] 산서성의 임분과 연안에서 남하, 양쯔강 건너
남경을 거쳐 대만 맞은편의 평호를 찍고, 압록강까지 북상,
단동을 지나 림강에 이르는 호룡의 길고 긴 이동로가
승우의 대사에 맞게 중국 지도 위에 펼쳐진다.

승우 1945년 겨울, 산서성에서
    국민당 국부군에 입대했어.
    연안 전투에서 포로가 됐지만
    목숨을 구해준 팔로군에 들어가지.
    1949년까지 중국내전에 참전.
    대만 공략을 위해 절강성에서 대기하던
    1950년 가을, 북행열차를 타고
    압록강에 도착하지.

호룡 와…… 맞다.
    내가 다 이야기했었습까?

승우 궁금한 게 있어.

호룡 뭐임까?

[지도영상] 만주에서 산서성까지 두 지역의 거리감이 부각된
호룡의 이동로.

승우 1945년에 넌 열일곱이었어.

그 나이에 어떻게 산서성까지
오게 된 거지?
그 전에 만주에서는 무슨 일이
있었던 걸까……

호룡, 당황한 기색이 역력하다.

호룡　　　그게 어째 궁금함까?

승우, 호룡을 응시한다.

[음향] "호호호호호호호"

소녀의 웃음소리가 들려온다.
호룡, 인상을 찡그리며 고개를 흔들다가
등걸 옆에 놓아둔 소총을 잡는다.

호룡　　　인차[53] 집합 시간임다. 가봐야 함다.
승우　　　만주에서는 무슨 일을 했었던 거지?
호룡　　　일없슴다!

호룡, 능선을 향해 올라가려고 한다.
순간, 미군 전투기 굉음이 빠른 속도로 다가온다.
저공비행의 그림자를 드리우며 매섭게 덮쳐 오는 전투기.
호룡, 기겁하며 반사적으로 바닥에 엎드린다.

호룡　　　항공! 항공! (중국어)

전투기의 그림자, 산등성이를 빠르게 훑고 지나간다.
전투기의 소음이 점점 작아져 완전히 사라진다.

위팅치

"해제." (중국어)

왕지푸

"해제." (중국어)

천떠셩

"해제." (중국어)

장지칭

"해제." (중국어)

취쭝이

"해제." (중국어)

호롱

"해제."

골짜기[54] 여기저기 흩어져 은폐해 있던

중공군들, 하나둘 모습을 드러낸다.

완전군장을 한 호롱,

일렬종대 행군 대형으로 늘어서는 병사들

사이에 합류한다.

점차 날이 어두워진다.

위팅치

"전진." (중국어)

행군이 시작된다.

거센 눈보라와 함께 몰아닥치는

살을 에는 칼바람 소리.

산길을 걷는 중공군들, 군장의 무게에 짓눌려

시간이 흐를수록 점점 지쳐 간다.

위팅치

"뒤로 전달, 빨리 따라붙을 것." (중국어)

호롱과 중공군들, 숨을 헉헉거리며

힘겹게 좁은 눈길을 걷는다.

[지도영상] 압록강변의 림강을 출발, 낭림산맥을 거쳐

장진호 북쪽에 집결하는 27군단의 이동로

승우	1950년 11월 12일. 병사들은 이미

승우   1950년 11월 12일. 병사들은 이미
       눈꽃이 덮인 압록강을 건넜다.[55]
       미군의 정찰을 피해
       행군은 밤에만 이뤄졌다.
       어둠 속의 병사들은 비좁고 미끄러운
       눈길을 밤새 걸어야 했다.

호롱   길만 험함까? 군장은 또 얼마나
       무겁슴까? 어림잡아 칠십 근은 될 겁다.
       배는 좀 고픔까? 생감자에 눈덩이
       씹어 가면서 버텼음다.
       쫓아 걷기도 힘든데
       바지 내릴 틈이 어딨슴까?
       그냥 솜바지에 오줌을 쌈다.
       바로 얼어서 버석버석 해짐다.
       걷다 보면 또 금세 마름다.
       그렇게 열흘을 걸었음다.

승우   11월 20일. 호롱의 부대는
       장진호 북쪽에 있는 집결지에 도착했다.

       다시 미군 전투기의 굉음이 엄습한다.
       병사들, "방공!"을 외치며 몸을 엎드린다.
       한동안 이어지는 무지막지한 폭격 소리.
       멀어지는 전투기 소리.
       여기저기 바닥에 너부러져 죽어 있는 병사들.

엎드려 있던 호롱, 고개를 든다.

호롱   미군 쌕쌕이[56]들은 솔개 눈깔을 달았는지
       하늘에서도 용케 알아봄다.

쏜살같이 내려와서 썩어지게[57]
쏟아붓는데 당해낼 재간이 있슴까?
(치를 떨며) 참 많이도 죽었슴다.

결연한 기운으로 전투대형을 만드는
중공군들.[*] 정면을 향해 눈을 치켜뜨며
"위대한 중국인민지원군은
11월 27일을 기해 총공격을 실시한다!"

승우   호룡의 부대는 장진호 건너편의 미군을
목표로 총공격을 개시했다.[58]

호룡   (과장) 전사들의 영웅 기개는 불바다라도
뛰어들 기세였슴다!

공격 개시 나팔을 부는 병사들.
"뿌우우우우우우우우우우우우우
뿌우우우우우우우우우"
나팔 소리와 고함을 내며 쿵, 쿵, 쿵,
앞을 향해 전진하는 호룡과 중공군들.
"꿍찌! 꿍찌! 꿍찌! 꿍찌! 꿍찌! 꿍찌! 꿍찌!
꿍찌! 꿍찌! 꿍찌! 꿍찌! 꿍찌! 꿍찌!"
정면을 향해 성큼성큼 다가서는
중공군들의 기세가 사납다.[**]

승우   기습 작전은 대성공이었다.
미군은 흥남을 향해 필사적으로
철수하기 시작했다.

[*]   죽은 병사들이 그대로 다시 일어나도 괜찮을 것이다. 이는 또한
인해전술을 상징하는 그림이 될 수 있다.

[**]   이 장면은 군무처럼 연출되어야 할 것이다.

[지도영상] 중공군 2차 전역의 상황도, 즉 장진호 부근 중공군의 공격로 및 점령 지역과 장진호, 하갈우리, 고토리, 함흥, 흥남으로 이어지는 미군의 철수로가 펼쳐진다.

기세등등한 호룡과 병사들, 중국 국가의
후반부를 합창하며 수색 대형을 만든다.
"치라이! 치라이! 치라이!
워먼 완쫑 이신,
마오저 띠런더 파오 훠, 첸찐!
마오저 띠런더 파오 훠, 첸찐!
첸찐! 첸찐! 첸찐!"*
이열 종대로 전진하며 점령 지대의
고지를 수색한다.

승우   호룡의 부대는 1241고지[59]를 향해
수색을 시작했다.[60] 산기슭에는 미군이
버리고 간 탱크와 대포들이 즐비했고
그 사이사이, 꽁꽁 얼어붙은
미군 시체들이 너부러져 있었다.
병사들은 전리품을 나눠 갖는 일도
잊지 않았다.

병사들, 미군 시체들을 뒤진다.
담배, 라이터, 시계, 만년필 등을 찾아내
주머니 속에 넣는다.
병사들, 시끄럽게 웃고 떠들며
서로의 전리품을 자랑한다.

*   가사의 내용은 다음과 같다. "일어나라! 일어나라! 일어나라!
한마음으로 굳게 뭉쳐, 적의 포화를 뚫고 전진! 적의 포화를 뚫고 전진!
전진! 전진!"

초콜릿을 발견한 호룡, 얼른 품속에 넣는다.

"호룡."

왕지푸, 호룡을 부른다.

호룡, 왕지푸에게 다가간다.

왕지푸, 호룡에게 수첩을 건넨다.

왕지푸

"그거 조선말 아니야?"

승우, 자리에서 일어나 수첩을 본다.

승우   나선호의 수첩은 그렇게

     강호룡에게 전달됐다.

호룡, 수첩을 펼쳐 본다.

승우   핏물이 배어 있는 겉장을 넘기자

     빼곡한 글자들이 선명하게

     눈에 들어왔다.

     호룡

     "어디에 있었어?"

     왕지푸

     "어? 아까 산마루 쪽이었나?

     몰라. 시체가 한둘이었어야지."

     위팅치

     "집합!" (중국어)

     병사들, "집합"을 외치며

     이열 종대로 모인다.

     위팅치

     "이동." (중국어)

     병사들, "이동"을 외치며

숙영지를 향해 출발한다.
골짜기에 도착한 병사들,
각자의 은신처로 흩어진다.

자신의 방공호 입구에 도착한 호룡,
소총을 놓고 등걸에 앉는다.
품속에서 초콜릿을 꺼내 우두둑 씹으며
주머니 속에서 수첩을 꺼낸다.
겉장을 살펴보던 호룡,
수첩을 펼친다.

10장 쪽방 속의 막이

막이   <u>호호호호호호호</u>.

검정 치마에 흰 저고리를 입은 단발머리의 막이,
나무의자*에 앉아 있다.

[자막] 1941년 여름. 만주

14세 소녀 막이, 입을 실룩거리며 애써 웃음을 참는다.
13세 소년 호룡, 건너편 바닥에 앉아
막이의 얼굴을 화첩에 그리고 있다.[61]

막이   <u>호호호호호호호</u>.

입을 가리며 웃음보를 터트리는 막이.

호룡   또 왜 웃니?
                누애는 무시게 그레 웃뿌니?[62]

호룡, 어이없다는 표정을 짓는다.
막이, 멈추지 못하고 계속 웃는다.

호룡   그만 못 웃니?
막이   아따, 나가 미쳤는갑서.

*   1941년 여름. 막이의 쪽방. 만주.

막이, 심호흡을 하고 표정을 가다듬는다.
호룡, 다시 그림을 그린다.
막이, 다시 웃음이 터진다.

호룡   거 참.
막이   아, 여르와서 그란가 무담씨
             웃음이 터져불어야.[63]
호룡   제까닥 주두리 안 다물면 나, 안 그레.[64]

막이, 웃음을 멈추지 못한다.

호룡   어째 쩍하므 웃을까? 재별나긴.
             거, 오솝소리 못 있니?[65]
막이   알았어, 알았당게. 쫌만 있다가.
호룡   인차 낭기[66] 하러 갈 시간이다.
             물뚱기에 누애들 목까물은 채와놨소?[67]
막이   좀 이따가 하믄 돼.
호룡   오카상한테 또 귀통[68] 맞을라고 그러오?
막이   보자.

막이, 화첩을 펼쳐 반쯤 그려진 얼굴을 본다.
흡족해 입이 벌어진다.

막이   이쁘다.
             아따, 너 그림 잘 그린다잉?
             아조, 솜씨 한번 똑소리 나부네.

막이, 손거울을 들어 얼굴을 본다.

막이   찌비야, 우리 찌비는 언니들 중에서 누가 젤 이뻐당가?

호룡	…….
막이	언능 말해 본나.
호룡	기미코.
막이	그랴? 그 담은?
호룡	요시코.
막이	그 담은?
호룡	아끼코.
막이	흥! 눈깔이 삐었는갑네.

막이, 토라져 돌아앉는다.

막이   분칠로 떡칠을 해분디
         안 이쁠 수가 있간디?

호룡, 피식 웃는다.

호룡   쪼맹이도 구찌비[69] 바르고 싶니?

막이, 호룡을 째려본다.

호룡   어째 가르보고[70] 그러오?
         쪼맹이를 쪼맹이라고 하는데
         왜 성을 쓰니?[71]

호룡, 혀를 내밀며 방 밖으로 도망간다.
막이, 호룡을 쫓아 나간다.
등진 채 책상* 앞에 앉아 있던 승우,
돌아서서 막이의 방으로 온다.

---

*   2019년 9월 말. 승우의 서재, 서울.

바닥에 놓인 화첩을 들어 막이의 얼굴을 본다.

승우   쪼맹이, 모두들 막이를 그렇게 불렀다.
1941년 봄, 고향 뒷동산에
새하얀 배꽃들이 만개하던 날,
열네 살 막이는 태어나 처음으로
기차를 탔다. 보성에서 연길까지
꼬박 이틀을 게워내며 만주에 도착했다.

막이, 순박한 눈을 껌벅거린다.
"호호호호호. 공장에요?
뭐 맹그는 공장인디요?
만주요? 거가 어딘디요?
야? 오매. 서울보덤도 멀다고라?
호호호호호."

승우   선착장 식당에 밀린 품삯을
받으러 갔던 막이는
주인집 아들 박순경에게 만주에 있다는
고무공장 이야기를 처음 들었다.

막이
"그라문 수가 있당가?
일평생 요라고 쌔빠지게 골고 살랑가?
삼 년만 벌어서 오문 집이고 밭이고
다 살 수 있다고 안 항가?
몰러. 나는 엄니 맹키로는 안 살 거싱께.
우리 영식이, 중핵교는 보내야 쓸 거
아니여?"
기적 소리 요란하게 들려온다.

승우	막이는 홀어머니와 남동생을 두고 인솔자를 따라 기차에 올랐다.

막이, 연신 손수건으로 눈물을 닦아 낸다.
옆자리의 염재철, 막이를 무심하게 본다.

승우	광주에서 한 번, 서울에서 한 번, 기차를 갈아탈 때마다 만주로 향하는 또래 언니들의 수가 늘어났다.

치마저고리에 봇짐을 안은 소녀들, 막이 건너편 좌석에 앉는다.

승우	오카상은 평양역에서 처음 만났다.

염재철, 정윤자에게 돈 봉투를 건네받고
기차에서 내린다.
정윤자, 좌석에 앉는다.
정윤자
"인자 느그들은 마카 열여덟이다. 알긋나?"
소녀들, 고개를 끄덕인다.
정윤자, 소녀들을 주욱 둘러본다.
막이를 훑다가 흘겨보며
"쪼맹이, 니는 와 그레 쪼매낳노? 어이?"
막이, 기가 죽는다.
"돈 벌라 카믄 퍼뜩 커야지. 알았나?"
막이
"야…."
김선화
"아지매, 그칸데 공장에서는에…."
정윤자, 김선화의 뺨을 사정없이 후려친다.

"아지매? 아지매!
오카상![72] 오카상이라고 부르래이. 뭐라꼬?"
소녀들
"오카상!"
기적 소리. 구슬프다.

승우   도착한 곳은 공장이 아니었다.
                연길 외곽의 군부대 근처에 있는
                커다란 벽돌집.
                긴 복도의 양옆으로 좁은 쪽방들이
                다닥다닥 붙어 있었다.
                그곳은 일본군들의 위안소였다.[73]

위안소 입구 마당에서 콘돔[74]을 씻고 있는 막이와 호룡.
막이, 대야에 가득 담긴 콘돔을 씻어 하나씩 호룡에게 건넨다.
호룡, 막이에게 받은 콘돔을 바닥에 깔린 멍석 위에 놓는다.
둘, 아무런 말없이 일을 반복한다.*
노을이 마당에 깔린다.
둘, 잠시 고개를 들어 하늘을 본다.

승우   나이도 나이였지만 작아도 너무 작았던
                막이는 군인들을 받는 대신에
                호룡과 함께 위안소의 온갖 잡일을
                도맡았다.

                히데오
                "찌비!"
                일본군 장교 히데오, 호룡을 부른다.

*   분업화된 둘의 기계적인 동작이 한동안 반복되기를 바란다.

승우   그곳에서 호롱은 '찌비'라고 불렸다.
꼬마라는 뜻의 찌비는 히데오 중위가
붙여준 이름이었다.

호롱, 차렷 자세로 거수경례를 한다.
히데오
"오! 많이 늠름해졌는데!" (일본어)
호롱
"아리가토 고자이마시타."

승우   호롱은 항일연군[75]이 은신해 있던 백두산
밀영에서 자랐다.
아비는 전투에 나가 죽었고
심약했던 어미는 병으로 죽었다고 했다.
일본군의 토벌 작전이 심해질수록
독립군의 형편은 각박해졌고
밀영을 오가다 붙잡힌
어린 연락책은 배가 고팠다.
호롱은 유격대의 위치를 그려 주고
밥을 먹었다. 조선 출신 히데오는
일계급 특진했다. 호롱은 그렇게
위안소의 머슴이 되었다.

히데오, 호롱의 머리를 쓰다듬으며 웃는다.
건빵[76] 봉지를 꺼내 호롱에게 준다.
호롱, 입이 벌어진다.
정윤자
"이랏샤이마세!"
정윤자, 기모노 자락을 휘날리며 달려 나와
히데오에게 절한다. 눈웃음 살살 치며
히데오의 팔짱을 끼고 위안소로 안내한다.

히데오, 마당 한편에 고개를 숙이고
서 있는 막이를 보고 걸음을 멈춘다.
"새로 온 아인가?"
정윤자, 히데오의 귓속에 뭐라 속삭인다.
히데오, 음흉한 미소와 함께 고개를 끄덕이며
복도로 들어간다.
잠시 뒤 정윤자, 복도에서 나와
살갑게 막이를 부른다.
"쪼맹아."
막이, 정윤자 앞으로 간다.
"야."
정윤자, 막이의 머리를 쓰다듬으며
"우리 쪼맹이는 좋아하는 꽃이 뭐고?"
막이
"꽃이여라?"
정윤자, 고개를 끄덕인다.
막이
"꽃이라고 하믄 고향 배꽃이 최고로 곱지라."
정윤자
"배꽃?"
막이
"야."
정윤자
"리카. 인자부터 니 이름은 리카다. 알겠나?
자, 따라해 봐라."
막이
"…… 리카."
정윤자
"리카! 좋오타!"
정윤자, 막이의 손을 끌고 복도로 들어간다.
정적

승우 　막이는 두 번이나 까무러쳤다.
　아직 초경을 하기도 전이었다.[77]

　이어지는 정적.
　마당 구석에 말없이 쭈그리고
　앉아 있는 호룡,
　건빵을 하나하나 꾹꾹 씹어 먹는다.
　계속되는 정적.
　호룡, 정면을 응시하며 건빵을 씹는다.
　치켜뜬 두 눈이 붉게 물들어 간다.
　호룡, 벌떡 일어서며 정면을 향해
　발악하듯 소리친다.
　"유케쇼넨헤이!"
　소년병 완장과 군모를 착용하고
　경직된 표정으로 거수경례하는 호룡.
　"소년병이여! 적을 무찌르러 가자!"
　히데오와 일본군들, 군가를 부르며 나온다.
　이열 종대로 구보하며 호룡 주변을
　빙빙 돈다.
　"갓테 구루조토 이사마시쿠
　지캇테 구니오 데타카라와
　데가라 다테즈니 시나료오카
　신군랏파 기쿠타비니
　마부타니 우카부 하타노나미"*
　구보 대열의 맨 뒤에 합류한 호룡,
　군가를 부르며 일본군들을 따라 나간다.

---

* 〈노영의 노래〉라는 일본 군가이다. 가사 내용은 다음과 같다.
"이겨서 돌아온다고 용감하게 맹세하고 나라를 떠나온 이상, 수훈을
세우지 않고는 죽을 수 없다. 진군나팔 들을 때마다. 망막에 떠오르는
깃발의 물결."

책상 앞에서 담배를 피우던 승우,
일어나 막이의 방*을 돌아본다.
간단후크[78]를 입은 파마머리의 막이, 화장을 진하게 했다.
나무의자에 다리를 벌리고 앉아 허공을 보고 있다.
일본 군복을 입은 호룡, 방으로 들어온다.

승우   스즈키 고타쓰.
            열다섯에 소년병 모집에 자원[79]한 호룡의
            새 이름이었다.

막이를 등지고 서 있던 호룡, 구석에 우두커니 앉는다.
잠시 정적.
멍하니 앉아 있던 막이, 갑자기 허공을 향해 입을 연다.

막이   아, 염병하네.
            아니랑께 그라네.
            막이는 야가 막이여.

바닥에 돈을 놓고 돌아서서 나가려던 호룡, 막이를 돌아본다.
막이, 의자 아래에 놓여 있던 그림을 들어 허공에 펼쳐 보인다.

막이   보랑께.
            야가 막이여.
            즈그 엄니가 밭일허다 낳았댜.
            외막[80]서 나왔다고
            이름을 그라고 지었댜.

섬찟 놀란 호룡, 막이에게 다가간다.

*   1943년 가을. 막이의 쪽방. 만주.

막이, 계속 허공을 향해 말을 한다.

막이   아따, 참말로!
         아니랑께 그라네.

호룡, 막이가 들고 있는 그림을 본다.
예전에 자신이 그려준 막이의 얼굴이다.
호룡, 그림을 빼앗아 찢어 버린다.
막이, 찢긴 조각들과 호룡을 번갈아 본다.

막이   <u>호호호호호호호호호호.</u>

막이, 미친 듯 웃는다.
호룡, 막이를 붙들어 안는다.
어깨가 심하게 들썩인다.
막이, 살며시 호룡의 품을 빠져나와
바닥의 조각들을 손으로 쓸어 모은다.
그림 조각 하나를 조심스럽게 손바닥 위에 받쳐 들고
의자 앞으로 간다.
막이, 의자에 앉아 그림 조각을 아이 어르듯 달랜다.

막이   아가, 밥은 묵었당가?
         아가, 울엄니는 잘 있당가?
         아가, 우리 영식이는 잘 있당가?
         아가, 감나무에 홍시는 익었당가?
         아가, 익을라문 당아 멀었당가?

막이, 바닥에 주저앉아 있는 호룡의 등을 본다.
넋이 나간 얼굴로 방을 한 번 쭈욱 둘러보는 막이,
똘똘한 소녀의 표정으로 정면을 응시한다.

의자*에 앉은 막이의 모습,
천천히 어둠 속으로 사라진다.
다시 무대 밝아지면
승우, 책상**에 턱을 괴고 앉아 생각에 잠겨 있다.
방공호*** 앞 등걸에 앉아 있는 중공군 복장의 호룡,
수첩의 마지막 장을 넘긴다.
승우, 호룡에게 다가온다.
호룡, 슬쩍 눈가의 눈물을 닦으며 수첩을 품속에 넣는다.
승우, 호룡 옆에 살며시 앉는다.
눈이 내리기 시작한다.
둘, 말없이 하늘을 올려다본다.

호룡　　　　진지서 열흘 만에 돌아온 날이었슴다.
　　　　　　제빌루 죽었다는 겜다.[81]
　　　　　　눈 오는 날 걸상 우에서 목을 맸담다.
　　　　　　소각장에도 없었슴다. 발써 다 태웠담다.
　　　　　　나 같은 놈도 사는디
　　　　　　죽긴 왜 죽슴까…….
　　　　　　(한숨) 그날부텀 쩍하므 재별난 소리가
　　　　　　들리는 겜다.[82]
　　　　　　…… 웃음소리 말임다.
승우　　　　그래서 그렇게 먼 길을 떠나온 건가?

호룡, 시무룩하게 고개를 끄덕인다.

호룡　　　　옳슴다. 더는 못 있갔슴다.
　　　　　　죽기 아니믄 꺼꾸러지기로 걸었슴다.

*　　1945년 2월. 막이의 쪽방. 만주.

**　　2019년 10월 초. 승우의 서재.

***　1950년 12월 2일. 호룡의 방공호. 신흥리.

	탈영한 지 두 달쯤 걷다 보이
	산서성이었슴다. 발바닥이 망탕 마사져서
	더는 못 가겠슴다.[83]
	거서 일본이 망했다는 소식을 들었슴다.
승우	고향으로 돌아가고 싶지는 않았어?

호룡, 승우를 물끄러미 보다가 고개를 돌린다.

호룡	내한테 돌아갈 고향이 어딨슴까?
	난리 통에 배고픈 놈이
	군대가 아니므 어델 갈람까?
	국부군으로, 팔로군으로, 해방군으로,
	기카게 주두리에 풀칠이라도 하구
	산 겜다.[84]
	온할날 썩어지는 전쟁터서
	아름찰 새가 있갔슴까?[85]
	웃음소리도 와늘 허슨해지는가
	싶었슴다.[86] 기칸데…….
막이	(소리) <u>호호호호호호호호호호</u>.

[음향] "똑! 똑! 똑똑! 똑! 똑! 똑!"

호룡과 승우, 귀를 막으며 인상을 쓴다.

승우	닷새. 순이가 상자 속에 들어간 지
	벌써 닷새나 지났다.
	상자가 아직 온전하다고 쳐도
	엄동설한에 무사할 리가 없었다.

호룡, 품에서 수첩을 꺼낸다.
겉장을 보다가 고개를 저으며 한숨을 쉰다.

승우   닷새. 아직 닷새라면 포기할
                     시간은 아니다.
                     그래. 순이는 아직 살아 있다.

호룡, 수첩을 펼친다.
수첩을 넘겨 가며 선호의 일기를 꼼꼼하게 살핀다.

승우   다행히도 순이의 상자가 놓여 있는 곳이
                     어딘지 짐작할 수 있었다.
                     미군이 머물렀다던 골짜기라면
                     1241고지의 맞은편 산등성이
                     그 너머 어디쯤에 갱도가 있을 것이다.

호룡, 수첩을 접으며 일어선다.
눈을 감고 갈등한다.

승우   꼬박 한나절을 쉬지 않고 달려야
                     갈 수 있는 거리였다.
                     문제는 그것만이 아니었다.
                     퇴각 부대를 엄호하는 미군들이
                     곳곳에 매복해 있을 터였다.

호룡, 한숨을 뱉으며 다시 앉는다.

[음향] "똑, 똑, 똑똑, 똑, 똑, 똑"

고개를 숙이고 심호흡을 하던 호룡,
수첩을 품에 넣으며 총을 들고 일어선다.
호룡, 숨을 몰아쉬며 정면을 응시할 때
조명, 빠르게 꺼진다.

9장

40   이도강촌 : 중국 길림성 장백현 용강향에 위치한
해발 1,260미터의 산간마을. 1931년 일본의 만주 침략 후
항일연군을 토벌하고 백두산 목재를 수탈하는 일제의 근거지가
되었다.

41   27군단 81사단 242연대 3대대 1중대.

42   인민해방군 : 1927년 홍농군(홍군)이라는 이름으로
창설한 중국 공산당 군대(중공군). 중일전쟁 당시에는
8로군, 신4군으로 나뉘었다가 1947년 인민해방군으로 통합,
개칭되었다.

43   중공군은 1955년까지 사병의 계급제도를 시행하지
않았다.

44   인민지원군 : 1950년 10월 8일 편성되어 한국전쟁에
참전한 중공군. 사령관은 팽덕회이다.

45   항미원조(抗米援朝)전쟁 : 한국전쟁을 일컫는
중국 정부의 공식 명칭. 한자 그대로 읽으면 미국에 대항해
조선을 돕는다는 뜻이다.

46   당시 중국은 한국전에 정규군을 참전시키는 데 대해
대외적 부담을 가지고 있었다. 정규군임을 숨기기 위해 군복과
장비에 붙은 흔적을 제거하기 위해 애썼다.

47   중공군은 참전 초, 미군에게 노출되지 않기 위해
병사들에게 북한군 군복을 착용시키기도 했다.

48   '대단하다'의 조선족식 표현

49   국부군 : 장개석이 이끌던 중국국민혁명군. 국공내전에서
중공군에 패해 1949년, 대만으로 밀려났다.

50   염석산 : 장개석 휘하에 있던 국민당 군벌. 산서성
일대에서 활약했다.

51   1947년 염석산의 국부군이 연안을 공격했을 당시 호룡은
팔로군에게 붙잡혀 그들의 일원이 된다.

52   팔로군 : 국민혁명군 제8로군. 국공합작에 의해 공산당의
홍군이 국민당의 국부군으로 편입되면서 만들어진 이름.
일본 패망 후 1947년, 인민해방군으로 개칭되었다.

53   인차 : '곧'의 연변말

54   1950년 11월 중순, 삼포리 일대 중공군 행군로.
삼포리는 낭림산맥과 연화산맥 사이의 해발 1천 미터 안팎의
고원지대로, 호룡이 속한 27군단은 집결지인 장진호 북쪽으로
가기 위해서는 이곳을 통과해야만 했다.

55   호룡이 속한 27군단은 중공군 2진이다. 1진은 이미
10월 19일부터 압록강을 건넜다.

56   쌕쌕이 : 제트기

57   썩어지게 : '심하게'의 연변말

58   중공군의 2차 공세는 11월 25일부터 12월 24일까지
이어졌다. 맥아더 사령부가 중공군의 규모와 이동에 대해
혼선에 빠진 사이, 북한 깊숙이 침투한 중공군은
11월 25일 중서부 전선의 청천강과 동부 전선의 장진호
일대에서 대대적인 포위 공격을 감행한다. 결정적 타격을 당한
미군과 한국군은 38선 이남으로 후퇴한다.

59   11월 27일 선호가 전사한 곳이다.

60   12월 1일.

10장

61   연필로 그리는 세밀 초상화

62   '누나는 뭐가 그렇게 웃기니?'의 연변말

63   '아, 어색해서 그런지 이유를 모르게 자꾸 웃음이
나오네'의 전라도말

64   '얼른 입 다물지 않으면 그려 주지 않겠다'의 연변말

65   '어째서 걸핏하면 웃니? 이상하다. 얌전히 못 있니?'의
연변말

66   낭기 : '나무'의 연변말

67   '물독에 누나들 목욕물은 받아 놨니?'의 연변말

68   귀통 : '따귀'의 연변말

69   구찌비 : '립스틱'의 연변말

70   가르보다 : '째려보다'의 연변말

71   성을 쓰다 : '화를 내다'의 연변말

72   오카상 : 일본 화류계에서 기녀가 여주인을 부르는
말이다. 『중국으로 끌려간 조선인 군위안부들』(정신대연구회 ·
한국정신대문제대책협의회 편, 한울, 1995)을 비롯해 위안부
할머니들이 남긴 증언 기록을 찾다보면 일본군 위안소를
위탁받아 운영한 사람들 중 상당수가 조선인이었음을 알 수
있다. 당시 조선인 여주인이 위안부들에게 자신을 '오카상'으로
칭하게 했다는 증언이 꽤 많이 남아 있다.

73   연길 외곽에 있는 군부대의 비행장에는 일본 만주군
부대가 주둔하고 있었고 그곳에도 위안소가 있었다. 현재
연길시 사회정신병원 앞에 있었다.

74   당시 위안소에서 콘돔은 '삿쿠'라 불렸다. 비용을 아끼기
위해 삿쿠를 씻어서 다시 사용했다는 증언이 많다.

75   동북항일연군은 1935년 중국 공산당의 주도로 조직된
만주의 항일 게릴라부대였다. 중국인과 조선인 연합으로
구성된 항일연군은 1939년부터 본격화된 일본군의 토벌 작전에
의해 1940년 말, 궤멸 상태에 빠진다.

76   건빵은 제2차 세계대전 당시 일본군에게도
주요 전투식량이었다. '간팡'이라고 불렸다.

77   13세에 내몽고 바오터우까지 끌려간 경남 하동 출신
배삼엽 할머니의 증언에서 소녀 위안부의 실태를 알 수 있다.
"조선인 주인 최가는 방에 막대그래프를 그려서 여자들이
몇 명을 상대했는지 표시했어. 1등, 2등, 3등, 이렇게
누가 손님을 많이 받았는지 얼마를 받았다 하는 것도 썼지."
만주의 봉천(심양) 위안소에 끌려갔던 당시 17세 홍강림
할머니의 증언. "군의관이 질 입구를 칼로 찢었다. 마취를
한 것도 아니고 생살을 그렇게 쨈 것이니 아픔을 말로
할 수 없었다. 워낙 체구가 작은 나는 아랫도리도 작은지

군인들을 여럿 받으니 밑이 말이 아니었는데, 그 군의관은
차라리 째서 크게 벌려 놓는 것이 낫겠다고 생각한
모양이었다."
14세에 상해 위안소로 끌려간 홍애진 할머니의 증언. "임신을
했는데 유산을 시켰다. 그것도 모자라 자궁적출 수술까지
당했다."

78   간단후크 : 일본식 원피스

79   일본군 소년병 : 공식적으로 일제는 한반도에서
1943년부터 징병제를 실시해 17세 이상의 소년들을
학도병이라는 이름으로 군에 입대시켰다(약 21만 명의
젊은 조선인이 전장으로 끌려갔다). 그러나 여러 증언과
자료를 보면 일제의 소년병 징집은 패전의 위기감이
고조되면서 전방위에서 무차별적으로 이뤄졌음을 알 수 있다.
만주 731부대 출신인 시노즈카 요시오의 저서『731부대
소년병의 고백』에는 15세 소년병이 목격한 반인륜적 참상이
적나라하게 드러나 있다. 또한 일본군은 오카나와에서 미군의
공격에 1만여 명의 소년병들을 총알받이로 배치, '인간 방패'
라는 용어를 처음으로 탄생시키기도 했다.

80   외막 : '오두막'의 전라도말

81   '자살했다는 겁니다'의 연변말

82   '그날부터 걸핏하면 이상한 소리가 들리는 겁니다'의
연변말

83   '발바닥이 마구 망가져서 더는 못 걷겠습다'의 연변말

84   '그렇게 입에 풀칠이라도 하고 산 겁니다'의 연변말

85   '하루 종일 지독한 전쟁터에서 힘겨울 틈이
있겠습니까?'의 연변말

86   '웃음소리 들리던 것도 완전히 느슨해져 사라지는가
싶었다'의 연변말

4막

부산 처녀 송시자

11장 벽장 속의 의용군

어둠 속에서 들려오는 사내의 거친 숨소리.

호룡   (소리) 헉– 헉– 허억– 헉– 헉– 헉–.

한동안 이어지던 숨소리, 조명 밝아지며 잦아든다.
자료가 수북하게 쌓인 책상* 한쪽에
빈 양주병과 잔이 놓여 있다.
승우, 벽장** 밑에 기대앉은 채 잠들어 있다.
항구에서 들려오는 군함의 경적 소리.

[음향] "붐--------- 부우우움-- 부움----"
[자막] 1951년 겨울. 부산

살며시 벽장문이 열린다.
벽장 속에 웅크리고 앉아 있던 시자,
살짝 고개를 내밀어 승우를 본다.
난감한 표정으로 잠시 망설이다가 벽장을 나온다.
몇 번 헛기침을 해보던 시자, 승우의 어깨를 살짝 흔든다.
승우, 계속 반응이 없다.
물끄러미 승우를 보던 시자, 이불을 가져와 덮어 준다.
승우, 살짝 코를 곤다.
시자, 건너편 구석으로 가 벽에 기대앉는다.

*   2019년 10월 말, 승우의 서재, 서울.

**   1951년 1월 말, 시자의 은신처, 부산.

[자막] 부산 처녀 송시자

품속에서 수첩*을 꺼내는 시자,
한동안 우두커니 수첩의 겉장을 보다가 눈물을 훔친다.
눈을 뜬 승우, 시자를 본다.
시자, 돌아앉는다.
승우, 자리에서 일어난다.

승우   깜빡 잠이 들었네.
             (이불을 보고) 고마워.

시자, 반응이 없다.

시자   (단호하게) 가이소.
             퍼뜩 가이소.

[음향] "히히휘--휘휘휘---휘휘힝--- 삐거덕 삐거덕"

바닷바람이 거세게 불어와 문짝을 흔든다.
시자, 긴장한 표정으로 몸을 움츠리며 문 쪽을 돌아본다.

[음향] "쩌벅쩌벅 쩌벅쩌벅"

순간, 집 밖 비탈길에서 군화 소리가 다가온다.
시자, 재빨리 벽장 속으로 들어가 몸을 웅크리며
벽장문을 닫는다.
군화 소리, 집 앞을 지나쳐 멀어져 간다.
문 쪽을 바라보던 승우, 벽장 앞으로 간다.

*   선호의 수첩.

승우   괜찮아.

살머시 벽장문이 열린다.

승우   괜찮아?

시자, 천천히 고개를 끄덕인다.
승우, 방을 둘러본다.

승우   집에는 삼 년 만이지?
                  좀 어때? 동생도 계속 공장에서
                  지내잖아?
                  오래 비어 있었는데 아무래도 조금….

갑자기 벽장*에서 노랫소리가 들려온다.
승우, 돌아본다.
꼬마 자매, 어느새 나란히 벽장에 걸터앉아 노래[87]를 부른다.

시춘   마루 위에 애기가 재롱부리다
                  땅바닥에 데굴데굴 떨어졌데요.
시자   불쑥 나온 앞배는 쏙 들어가고
                  병이 나서 얼굴은 빨개졌데요.

베개를 품에 안은 시춘, 병원놀이를 시작한다.

시춘   자, 자, 우리 아가야,
                  아이고 이쁘다, 까꿍
                  엄마야, 아가 와 하나도 웃지를 않노.

*   1942년 9월. 시자의 집. 부산.

	우짜꼬, 머리가 뜨거븐 게
	감기 들라는 갑따.
	뱅원에 가가 진찰 받아야겠다,
	언니야, 언니야.
시자	와, 와 그라노?
시춘	있잖아, 언니 니가 의사 쫌 해라.
	아들 뱅원 원장이다, 됐나?
시자	어, 됐다, 자, 보자, 일로 와바라.
	이 아가 어디가 아프노?
시춘	아, 예, 감기가 든 거 같아예.
시자	우짜노, 맥을 쫌 봐야지.
	허허, 감기는 아인데, 이기 머지?
시춘	와예?
시자	늦잠병인 거 같은데. 시춘이 니도 그렇고,
	늦잠 자는 버르장머리부터 고치야 된다.
시춘	아이고, 언니 니도 오늘 아침에
	아홉 시까지 자갔꼬 엄마한테
	혼났따이가, 맞따이가.
시자	이기 말뽄새 봐라.
	원장한테 그라는 거 아이다.
시춘	치, 돌팔이면서, 원장은 무슨 원장이고.

시춘, 혀를 빼꼼 내밀며 도망친다.
자매, 꺄르르 웃으며 방을 돌며 뛰논다.
시춘, 이불 속으로 숨는다.
시자, 시춘을 간질인다.
요란한 자매의 웃음소리.

승우	시자는 1930년 부산항이 내려다보이는
	천마산 중턱의 판잣집에서 태어났다.
	북해도로 징용을 간 아버지는 돌아오지

않았고, 어머니는 부두의 하역장에서
삯품을 팔아 자매를 키웠다.

시춘, 이불 속에서 잠이 든다.
작은 좌탁* 앞에 앉아 촛불을 켜고 공부를 하는 시자.

승우   국민학교를 졸업한 시자는
     일본인 저택에 식모로 들어갔다.
     은행원 부부의 집에는 책이 많았다.
     안데르센 동화와 코난 도일의 추리소설에
     빠진 시자는 책이라면 가리지 않고
     읽었다.
시자   (촛불을 응시하며) 꿈을 꾸는 거지예.
     하루 종일 밥하고 설거지하고
     빨래하고 청소하다가
     공주도 되고 탐정도 되고
     태평양도 가고 남극도 가고…….
     그 다락방에서 꿈을 꿨던 거지예.
승우   학교에 보내 주겠다던 주인집 부부는
     해방이 되자 일본으로 떠나 버렸다.

다시 책을 보며 공부하던 시자, 코피를 닦는다.
승우, 시자에게 다가와 티슈를 건넨다.

승우   너무 무리하는 거 같은데?
시자   이번에 아이면 기회가 없어예.

시자, 코피를 닦고 공부에 열중한다.

* 1947년 9월. 시자의 집. 부산.

승우	부산여고에는 일본으로 돌아간 학생들의 빈자리가 많았다.[88]
시자	(들떠서) 편입시험이 있답니다.
승우	시자는 엄마 몰래 시험을 봤다.
시자	(눈물이 그렁그렁) 붙었어예.
승우	하지만 말을 꺼낼 수가 없었다.

시자, 이불 속에 돌아눕는다.
들썩이는 시자의 어깨를 보던 시춘, 정면을 향해 일어선다.
무릎 꿇고 앉아 두 손을 비비며 싹싹 빈다.

시춘	우리 언니, 한 번만 살려 주이소. 선생님, 지도 쪼매만 더 크면 공장 다닐 겁니더.
승우	등록금 마감 전날, 엄마와 동생은 교장실을 찾아갔다. 엄마는 삼 개월 후에 무슨 일이 있어도 갚겠다는 약속을 하고 입학증을 받아 왔다.

시춘, 웃으며 시자에게 교복 상의를 입혀 준다.
시자, 좌탁* 앞에 앉아 책을 읽는다.
시춘, 이불 속에 턱을 괴고 누워
시자의 모습을 자랑스럽게 지켜본다.

승우	숄로호프의
시자	고요한 돈강.
승우	도스토옙스키의
시자	카라마조프의 형제들.

* 1948년 9월. 시자의 집. 부산.

승우	톨스토이
시자	전쟁과 평화!
승우	여고생 시자는 러시아 문학에
	빠져들었다. 그중에서도
시자	투르게네프!
승우	투르게네프의 산문시를
시자	억수로 좋아한다 아입니꺼.

시자, 시[89]를 낭독한다.

시자	그는 뻘겋고 부풀고 더러운 손을
	나한테 내밀었다.
승우	나는 지갑도 없고 시계도 없고
	손수건도 없었다.
시자	그는 계속 기다리고 서 있었다.
승우	이보시오, 나는 가진 것이 하나도 없구려,
	용서하시오.
시자	별말씀을요, 이만해도 너무 고맙습니다.
승우	그는 내 차디찬 손을 꼭 잡아 주었다.
시자	그 거지가 간 후에
승우	적선 받은 사람이 나였다는 것을
시자	나는 알게 되었다.

곯아떨어져 잠을 자던 시춘, 기침을 한다.
시자, 안쓰러운 얼굴로 시춘의 얼굴을 본다.

승우	밤낮으로 하역장과 좌판에서
	고생하던 엄마가 돌아가시자
	어린 동생이 방직공장에 나가
	돈을 벌었다.
시자	의대에 갈끼다!

시춘, 일어나 앉는다.

시춘	의대? 작가 된다 안 그랬나?
시자	문학은 무슨 문학이고. 내는 의사 될끼다.
승우	1949년, 시자는 명륜동에 있는 서울여자의대[90]에 장학생으로 입학했다.

우르르 하숙방*으로 모여드는 학생들.
둥글게 둘러앉아 소곤소곤 대화를 나눈다.
인규, 영애에게
"오늘 체호프 발제 좋았어."
민식
"아직 시자는 한 번도 안 했지?"
영애
"야는 투르게네프 좋아해요."
인규
"투르게네프? 아버지와 아들, 읽어 봤니?
시자, 고개를 끄덕인다.
인규
"그럼, 다음 시간은 네가 해보는 게 어때?
괜찮지? 바자로프의 인물성을
중심으로 준비해봐."
시자, 인규를 응시한다.

승우	시자는 무심코 고향 친구를 따라간 독서회에 점점 **빠져들었다**.

---

* 1950년 초, 인규의 하숙방, 서울.

인규
"실망이야. 바자로프가 가진 변혁의 열정을
그렇게밖에 이해를 못하나."
시자, 얼굴이 빨개진다.

승우   독서회는 사회주의사상으로 무장된
         학생들이 주도하는 의식화 모임이었다.
         맑스와 엥겔스, 자본론과 경제학초고,
         그 이름만 듣고 있어도
         겁나고 무서웠지만 모임이 있는 날이
         가까워질 때면 가슴이 뛰어 왔다.
시자   큰 키에 까만 교복.
승우   날카로운 콧날에
시자   금테 안경.
승우   따뜻한 눈길 한 번 받아 보지 못했지만

         인규
         "아직 사고의 방식이 감상주의에 머물러
         있어서 그래."

시자   억수로 잘났네.
승우   날카롭고 차가운 그 눈초리가

         인규
         "인간애? 대책 없는 휴머니즘이야말로
         실체 없는 허상이야."

시자   미버죽겠다, 진짜.
승우   어느 날부턴가 그리워지기 시작했다.

         인규

"근데, 너, 이름이 뭐였지?"

시자   홍, 또 까뭇나?

[음향] "쿠궁! 쿠구궁! 쿠구구구구궁! 콰광! 쾅!"
[자막] 1950년 여름. 서울

시자   전쟁이 났다고 카데예.
                병원으로 모이라 해서 가보이까,
                마, 기절초풍하는 줄 알았어예.
                부상병들이 끝도 없이 밀어닥치는
                거라예.
                병원 온 천지만데가 응급실인데
                낮이고 밤이고 없었어예.
승우   곧 인민군들이 들어올 거라는 걸
                느꼈을 텐데?
시자   어데예, 그런 거 저런 거
                생각할 겨를이 어뎠어예?
                수술실에서 졸고 서 있는데
                뭐 행진곡 같은 기 들리데예.
                인민군들 군가였어예.
승우   무섭지는 않았어?
시자   뭐, 국군이고 인민군이고 병원에서야
                다 같은 환잔데 벨일이야 있겠나
                싶었지예. 이래저래 규율도 그렇고,
                점점 불편한 기 많아지데예.
                마음들이 다들 시끄러버졌지예.
                그런데, 한강 다리가 컸어예.
승우   무슨 얘기지?
시자   즈그들 다 건너갔다꼬 그래
                무지막지하구로 끊어뿌는 법이

어땠습니꺼?
그기 인간이 할 짓입니꺼?
피란민들이 얼마나 마이 죽었습니꺼?
사람들 마음이 완전히 돌아섰삤지예.

승우, 책상 앞에 앉는다.

승우   여름이 깊어 갈수록 실려 오는
            병사들도 늘어 갔다.

            인규, 목발을 짚고 등장한다.
            "너, 이름이 뭐였지?"

시자   그 사람이었어예.
승우   지하조직의 무뚝뚝한 리더는 의용대[91]
            지휘관이 되어 돌아왔다.
시자   종아리에 관통상을 입고 왔데예.
승우   시자는 다리를 절단해야 한다는
            주임의사를 설득하고 또 설득했다.
시자   다시 일어서게 하고 싶었어예.
            다시 걷게 하고 싶었어예.

[음향] "두둥!" "두두둥!" "꽈광!" "콰광!"

포격 소리, 점점 가깝게 들려온다.

승우   가을로 접어들면서
            전세는 역전되고 있었다.
            점점 가까워진 전선은 코앞까지
            다가왔다.

분주하게 움직이는 의용군들,
일렬로 늘어서 퇴각 대형을 만든다.

승우   서울 철수명령이 떨어졌다.

군복을 입은 시자, 인규를 부축해 행렬에 따라붙는다.
인규, 몹시 힘들어한다.

[지도영상] 서울 철수 후 장진호 근처에 이르기까지
개성, 금천, 황주, 평양, 묘향산으로 이어지는
의용군의 퇴각로와 서부 전선과 동부 전선에서 북상해
의용군을 포위, 고립시키는 미군과 한국군의 추격로가
함께 펼쳐진다.

승우   시자는 인규 옆에 남기 위해
             퇴각하는 의용대에 합류했다.
             후퇴는 끝없이 이어졌고
             적의 추격도 끈질기게 따라붙었다.
시자   평양 지나서는 다 죽고
             몇 명 남지도 않았습니다.
승우   설상가상이었다. 미군의 낙하산부대에
             앞길마저 가로막혔다.

죽을힘을 다해 걸어가는 대원들 속 시자와 인규.

승우   고립된 부대원들은 산길을 타고
             북상했다.[91]

모진 삭풍 소리, 산자락을 연이어 할퀴고 지나간다.

승우   추위는 모질게 이어졌고

식량은 떨어져 갔다.
부대원들의 마지막 희망은
장진호 방면으로 후퇴해 오는
정규군 병력에 합류하는 것이었다.

간신히 간신히 걸어가던 인규, 주저앉아 쓰러진다.
대원들의 행렬, 멀어져 간다.

승우   다리에서 시작된 파상풍이
온몸으로 퍼져 있었다.
시자는 인규 옆에 남아 낙오병이 되었다.

시자, 인규의 시신 앞에서 소리 없이 오열한다.

승우   인규는 시자가 판 토굴 속에서
보름을 더 버티고 죽었다.

시자, 인규의 품속에서 권총을 꺼낸다.
자신의 머리를 겨눈다.

승우, 책상에서 일어나 시자를 본다.

시자   그제서야 배가 고픈 기 느껴졌어예.
배고파서 미치뿌겠데예.
죽을 때 죽더라도
뭐라도 묵고 죽자 싶었지예.

시자, 독기 가득한 눈으로 권총을 들고 일어선다.

시자   산을 내려와가꼬 미군이 퇴각했다는 걸
알게 됐어예.

승우	선호의 부대가 머물렀던
	구정리 근처였어.
시자	미군이 버리고 간 장비들 따라서
	눈길을 거꾸로 올라갔어예.
	무슨 굴이 하나 보였어예.
	뭐가 억수로 쌓여 있데예.
승우	갱도 입구의 야적장이었어.
	너는 상자들 앞으로
시자	한 발 한 발 걸어갔어예.
승우	상자들 사이를 오가며
시자	하나하나 뒤지기 시작했어예.
승우	그때였어.

[음향] "똑, 똑, 똑똑, 똑, 똑, 똑"

시자, 멈칫, 주변을 둘러본다.
다시 몸을 돌리려는데

[음향] "똑, 똑, 똑똑, 똑, 똑, 똑"

뒤돌아 순이의 상자를 보는 시자.

호룡   (소리) 헉- 헉- 허억- 헉- 헉- 헉-.

그때, 저만치 등 뒤에서 들려오는 사내의 거친 숨소리.
시자, 재빨리 상자들 사이로 몸을 낮춘다.

호룡   (소리) 헉- 헉- 허억- 헉- 헉- 헉-.

숨을 몰아쉬는 사내의 숨소리, 점점 가깝게 다가온다.
호룡, 갱도 입구에 모습을 드러낸다.

야적장에 쌓인 상자들을 보며 숨을 몰아쉬는 호룡.
상자 뒤의 시자, 식은땀을 흘리며 권총을 쥔다.
호룡, 상자들 곁으로 한 발 한 발 다가온다.
시자, 눈을 질끈 감는다.
일어나 방아쇠를 당긴다.

[음향] "탕!"

시자, 눈을 뜬다.
총에 맞은 호룡을 본다.
호룡, 멍하니 서서 시자를 본다.
총에 맞은 복부와 시자를 번갈아 보던 호룡,
주저앉아 쓰러진다.
숨이 넘어갈 듯 거칠게 몰아쉬는 호룡의 숨소리가 이어진다.
우두커니 서 있는 시자.
호룡의 마지막 숨소리, 천천히 잦아들어 사라진다.

승우   시자는 비틀비틀
                    죽은 호룡의 곁으로 다가갔다.
                    무엇인가 바닥에 떨어져 있는 것이
                    보였다.
                    수첩이었다.

호룡 앞에 털썩 주저앉아 있던 시자, 바닥에 놓인 수첩을 본다.
수첩을 손에 들고 멍하니 내려다본다.

[음향] "똑, 똑, 똑똑, 똑, 똑, 똑"

시자, 순이의 상자를 돌아본다.
책상 앞의 승우, 시자를 본다.

승우   시자는 상자를 보며 일어섰다.
                한 발 한 발 상자를 향해 걸어갔다.

[음향] "똑, 똑, 똑……. 쌔해해해해히히히이이이잉---"

시자, 재빨리 바닥에 몸을 엎드린다.
승우, 눈을 감는다.

[자막] 순간, 미군 폭격기들의 굉음이 매섭게 다가와
순이의 노크 소리를 집어삼켰다. 폭격기 편대의 시커먼
그림자가 하늘을 휘덮어 왔다.
[음향] "콰광! 퍼엉! 퍼벙! 펑! 퍼엉! 펑!"

엄청난 폭발음에 이어 갱도가 무너지는 소리가 들려온다.
조명, 껌뻑껌뻑 흔들리기 시작한다.

[음향] "쿠광쾅쾅쾅- 쿵쿵쿵- 쿠구궁- 쿠쿵!"

시자, 고개를 들어 무너지는 갱도를 본다.
심하게 흔들리던 조명, 완전히 꺼진다.
컴컴한 정적 속에서 들려오는 승우의 어둔 목소리.

승우   그렇게 순이의 상자는
                무너져 내린 갱도 속으로 빨려 들어갔다.

12장 어둠 속의 상자

시자, 화물칸* 구석에 웅크리고 앉아 수첩을 본다.
한 장 한 장 넘겨 보던 그녀, 눈물을 닦는다.

승우   선호의 수첩은 호룡을 떠나
             시자에게로 갔다.

시자를 보고 있던 책상** 앞의 승우, 자판을 두드린다.

승우   갱도를 빠져나온 시자는
             폭격 맞은 폐가 하나를 발견했다.
시자   헛간 짚 더미에 사흘을 내리
             쓰러져 있었어예.
             퍼뜩 인나서 집에 안 가고 뭐하노?
             엄마 목소리가 들렸어예.
승우   시자는 군복을 벗고, 죽은 여주인의
             누비옷으로 갈아입었다.
             미군 폭격기가 올라오는 방향을 거슬러
             조금씩 남쪽으로 내려갔다.
시자   길가에 사람들이 억수로 많데예.
승우   미군이 철수하면 곧 원자폭탄이
             떨어진다는 소문이 돌았다.
시자   부두로 간다데예. 배를 타야 산다꼬.

*   1950년 12월 24일, 메러디스 빅토리 호.

**   2019년 11월 초, 승우의 서재, 서울.

승우   수만 명의 사람들이
       탈출선을 향해 몰려왔다.
       흥남은 대혼란에 빠졌고
       시자는 의심의 눈을 피할 수 있었다.

[음향] "붐----- 부우우움-- 부움---"
[지도영상] 흥남을 떠나 부산 아래 거제도로 향하는
흥남 철수항로

승우   1950년 12월 23일 오후,
       메러디스 빅토리 호는
       만 사천 명의 피란민을 태우고 흥남항을
       출발했다. 필사적으로 배에 올라탄
       사람들은 이틀 후 거제도에 도착했다.
       그렇게 시자는 집으로 돌아왔다.

시자, 물끄러미 승우를 본다.

시자   우리 어디서 본 적 있지예?

시자, 벽장을 내려온다.

시자   우리 언제 만난 적 있었지예?

승우, 시자의 시선을 외면한다.

[음향] "토박토박 토박토박"

집 밖 비탈길에서 발걸음 소리가 들려온다.
시자, 벽장 속으로 들어가 벽장문을 닫는다.
작업복 차림의 시춘, 신문지에 싼 떡을 들고 들어온다.

벽장 앞으로 간다.

시춘   언니야.

벽장문이 열린다.
자매, 포옹한다.

시춘   배고프제? 밀떡 쫌 가지왔다.

시춘, 시자를 바닥에 앉히고 신문지를 펼쳐 떡을 쥐어 준다.

시자   니는?
시춘   낸 마이 무따.
시자   가시나.
시춘   진짜다. 위문 공연 온다꼬
               공장이 난리 났다.
               특식도 다 나오고, 별일이제?
               (한숨) 내 우짜노.
시자   와?
시춘   만담대회 대표로 뽑힜다이가.
               살 떨려 죽겠다.
               제대로 연습도 못했는데.

시자, 빙그레 웃는다.

시춘   언니 니가 한번 봐바라이.

시춘, 만담[93]을 시작한다.
빠른 말로 남자와 여자 목소리를 오가며 능란하게

일인이역을 소화한다.[*]

시춘   아이구, 서서 계신 아가씨가
바로 호호 아가씨로구만요.
아이구, 깔깔 박사님 아니세요.
아휴, 왜 아니에요, 오래간만에
뵙겠습니다.
예, 오래간만입니다.
아휴, 그러다보니깐 참 오래간만입니다.
예. 오래간만입니다.
그러고 보니깐 참 오랜만이올시다.
예. 오래간만입니다.
오래간만입니다.
그런데 웬 인사를 자꾸만 하세요.
내년 후년치까정 몰아서 죄다 했죠.

시자, 피식 웃는다.
신난 시춘, 탄력을 받는다.

          아이고 참, 그러나저러나
그동안 어딜 다녀오셨어요?
옳거니 그동안에 어딜 갔다 왔느냐?
내가 어디를 갔다 온고 하니
서울역 프래트홈으로 쏘옥 들어가서
남쪽으로 달아나는
급행열차에 몸을 싣고
그러고요?
수원을 거쳐 대전을 지나
대구에 당도하니

[*]   서울말을 따라하는 시춘의 말. 경상도 억양이 강하다.

그랬드니요?
대구에 도착한 그때가
바로 어느 땐고 하니
꽃이 피는 양춘 계절도 아니고
새가 우는 녹음방초 성할 시도 아니고
함박눈이 펑펑 쏟아지는
엄동설한도 아니고
그러믄요?
그때가 바로 무슨 땐고 하니
무슨 때에요?
배가 고픈 점심 때야.

시자, 입을 막고 웃는다.

시춘　　　　웃기나?

시자, 호호호 웃으며 고개를 끄덕인다.
시춘, 좋아라 입이 벌어진다.

[음향] "쩌벅쩌벅 쩌벅쩌벅"

순간, 집 밖 비탈길을 올라오는 군화 소리가 다가온다.
시자, 재빨리 벽장 속으로 들어간다.
시춘, 벽장문을 닫는다.

[음향] "쩌벅쩌벅 쩌벅쩌벅" "쩌벅쩌벅 쩌벅쩌벅"

문 앞까지 다가오던 군화 소리, 멈춘다.
시춘, 심호흡을 하며 문을 노려본다.
우당탕탕, 문을 박차고 들어오는 특무대원[94] 종양과 성태.

시춘   누구세요? 와 이라는데요?

성태, 시춘의 머리를 잡아 종양 앞에 꿇어앉힌다.
종양, 시춘의 귀를 만지작거리며

종양   어이, 이쁜이. 니가 시자냐?

시춘, 진저리치며 종양을 쏘아본다.
종양, 시자의 사진을 꺼내 시춘의 얼굴과 번갈아 본다.

종양   (혀를 날름거리며) 요 빨갱이년을
             어따 숨과났을까잉?

종양, 성태에게 턱짓을 한다.
성태, 집 안팎의 여기저기를 뒤진다.
방을 둘러보던 종양, 벽장문을 발견하고 다가간다.
종양, 벽장문을 열어젖힌다.
시춘, 종양의 다리를 붙잡는다.

시춘   도망가라, 퍼뜩!

벽장을 튀어나온 시자, 문 앞에서 성태에게 붙잡힌다.
시춘, 종양의 발길질에 쓰러진다.
종양, 시자 앞으로 다가가 얼굴을 들이밀며 윙크한다.

종양   굿 애프터 눈이여.

시자, 성태에게 끌려나간다.
종양, 쓰러져 부들부들 떨고 있는 시춘 옆에 앉는다.
시춘의 귀를 만지작거리며

종양   또 보세잉.

종양, '카아악' 침을 뱉으며 나간다.
시춘, 웅크리고 앉아 흐느낀다.
우두커니 책상 앞에 앉아 있던 승우, 천천히 자판을 두드린다.

승우   시자는 그렇게 끌려갔다.
                자신이 여자간첩단의 주모자가
                되었다는 사실을 처형을 당하기
                직전에야 알았다.

승우, 고개를 들어 시춘을 본다.
시춘, 바닥에 떨어진 수첩을 본다.
수첩을 들어 천천히 펼친다.

[스틸영상] 시춘이 수첩을 넘기는 속도에 맞춰 선호의 일기,
호룡의 그림, 시자의 시가 한 장 한 장 펼쳐진다.

시춘, 한 장 한 장 수첩을 넘기기 시작한다.
선호의 일기가 이어지다 끊긴다.
시춘, 다음 장을 펼친다.
소녀의 얼굴이 그려져 있다.
다음 장에도 그려진 소녀의 얼굴.
그 다음 장에도 그려진 소녀의 얼굴.
한 장 한 장 넘길수록 점점 윤곽이 뚜렷해지는 막이의 얼굴.
호룡의 그림은 반쯤 그려진 얼굴*을 마지막으로 끝난다.
다음 장으로 넘기자 시자의 시가 나온다.
시춘, 눈물을 훔치며 시자의 시를 읽는다.

*   완성하지 못했지만 가장 비슷하게 그린 막이의 얼굴.

시춘	뛰어놀던 아이들이 소리치며 달려왔네[95]
	전쟁이요, 전쟁이 났데요
	기숙사로 가는 길
	창경원 벚꽃나무도 하늘의 흰 구름도
	조용히 말이 없었네

조명, 천천히 어두워져 간다.

[음향] "똑. 똑. 똑똑. 똑. 똑. 똑"

점점 어두워지던 조명, 노크 소리가 들리는 순간,
그대로 멈춘다.
시춘, 일어난다.
희미한 어둠 속,
정면을 응시하는 시춘의 눈이 빛난다.
조명, 빠르게 꺼진다.

주

11장

87   신흥동인회가 1938년 발표한 동요 〈병원놀이〉에서
힌트를 얻어 개사했다. 〈병원놀이〉는 노래와 상황극이 함께
어우러진 독특한 곡으로 1930년대 동요선집에 수록되어 있다.
노래 후에 이어지는 자매의 병원놀이 대사는 원곡에 실린
상황극에서 많은 부분 옮겨 왔음을 밝힌다.

88   당시 경남여고에는 조선인, 부산여고에는 일본인
학생들이 많았다. 해방 이후 일본인 학생들의 결원을 채우기
위해 부산여고는 1945년 11월 특별 편입시험을 실시한다.
극중 상황은 1947년이다.

89   투르게네프의 산문시 「거지」의 후반부를 조금 수정했다.

90   서울여자의대 : 고대 의대의 전신으로 명륜동에 있었다.
현재 아남아파트 부지이다.

91   조선인민의용군 : 1950년 7월 1일부터 모집하기 시작한
북한의 비정규군을 말하며, 약 10만~40만 명으로 추산된다.

92   제2전선 : 1950년 10월 16일, 김일성은 퇴각 중 고립된
부대들을 제2전선이라는 이름으로 편성하고 적 후방에서의
게릴라 활동을 지시한다.

12장

93   영상 기록으로 남아 있는 '장소팔, 고춘자 콤비'의 만담
중 하나를 편집해 썼음을 밝힌다.

94   육군 특무부대 : 1950년 10월, 미군 방첩대를 물려받아
창설됐다. 보안사령부(현재 기무사령부)의 전신이었으며,
사실상 중앙정보부와 안전기획부(현재 국가정보원)의
뿌리이기도 하다.

95   시자의 실제 모델인 류춘도 선생의 시 「그날 아침」을
수정했다.

5막
상자 앞의 작가

13장 안개 속의 거울

승우, 침대*에 누워 잠들어 있다.
미연, 책상 앞에 앉아 승우의 소설집을 읽고 있다.

[자막] 2019년 가을. 서울

승우, 눈을 뜬다. 미연을 본다.

승우   언제 왔어?

미연, 의자를 돌려 승우를 본다.

미연   밥은 먹으면서 하는 거야?
               담배 좀 줄이고.
               냄새가 이게 뭐냐?

미연, 미소 지으며 일어나 승우를 향해 팔을 벌린다.
승우, 미연에게 다가와 안긴다.
미연, 승우의 이마에 입맞춤한다.

미연   뭘 이렇게 열심히 쓰는 거야?
               장편인 거 같은데?
               무슨 이야기인지 물어봐도 돼?

*   2019년 11월 말, 승우의 서재, 서울.

미연, 미적거리는 승우를 빤히 보다가

미연   (승우 목소리 흉내) 아니. 다 쓰면
                이야기해 줄게.

미연, 책상에 걸터앉아 소설집의 속표지를 읽는다.

미연   한승우. 소설가. 1964년 서울생.
                인간의 심리와 관계의 내면을
                소소한 일상의 풍경 속에서
                섬세하게 그려 가는 우리 시대의 작가.
                주요 작품으로는 「가로등 소년」,
                「86번 구종점」, 「별빛 소나타」, 「11월
                2일」 등이 있다.

승우, 책상 위에 쌓여 있는 소설집들을 본다.

승우   뭘, 찾고 있었어?
미연   음. 근데 잘 안 보이네.
                왜, 광주 이야기 쓴, 단편 있잖아?
                제목이 침묵이었나?
                진짜? 한승우가 역사 문제를?
                평론가들이 엄청 호들갑 떨었었잖아?
                아마, 나 봄이 가졌을 때 썼던 작품일걸.
승우   음, 맞아. 침묵.
미연   거기서 봤던 글 같은데,
                다시 보고 싶어서.
승우   무슨 글?
미연   자기를 죽인 군인한테
                여학생이 하는 말 있잖아?
                용서에 대한 말이었는데?

승우   …… 뭐였지?

승우, 소설집들을 펼쳐 가며 「침묵」을 찾는다.

승우   그게 어디 실려 있더라…….
            아, 여기 있다.
            이 대목 말하는 거지?

승우, 미연에게 소설집을 건넨다.

미연   맞아.
승우   그런데, 갑자기 그건 왜?

미연, 승우에게 소설집을 내민다.

미연   읽어봐.
            천천히 다시 읽어봐.

승우, 미연의 얼굴을 본다.
미연, 승우를 안아 준다.
승우, 미연을 꽉 붙들어 안는다.

승우   또 이렇게 가려고?
미연   봄이 찾으러 가야지.
            포기 못해. 끝까지 찾을 거야.
            당신도 포기하지 마.
            외로울 거야. 힘든 일이야.
            그래도 끝까지 포기하지 마.

미연, 돌아서서 천천히 사라진다.
승우, 미연의 뒷모습을 보고 있다가 힘없이 주저앉는다.

우두커니 소설집을 펼친다.
「침묵」에 쓴 자신의 글을 본다.
봄이, 홀연히 승우의 뒤에서 나타난다.
승우, 뒤돌아 봄이를 본다.

승우   …… 봄이야.
봄이   (입을 벌려 드라큘라 이빨을 보이며) 우워!

승우, 봄이를 안는다.

승우   그동안 어디 갔었어?
             왜 이렇게 안 왔어?

봄이, 승우를 밀친다.

봄이   내가 누군지 모르는가?
승우   봄이야…….
봄이   내가 누군지 모르는가?

승우, 웃으며 눈물을 닦는다.

승우   네. 몰라요.
             너무 무서워요.
봄이   내 이름은 썬드라.
승우   썬드라? 드라큘라의 천국,
             선샤인 공화국에서 온 전사?
봄이   그렇다.
             혹시 레더 박사를 아는가?
승우   그럼요.

승우, 변신 동작을 펼친다.

148

승우	오, 썬드라. 오랜만이군.
봄이	박사님, 큰일 났어요.
승우	무슨 일인가? 썬드라.
봄이	블랙드락이 점점 더 많아지고 있어요.
승우	걱정할 필요 없어. 우리에게는 거울이 있지. 블랙드락을 물리치는 비장의 무기. 거울을 본 악당들은 재가 되어 사라지지.
봄이	하지만 더 큰 문제가 생겼어요.
승우	더 큰 문제?

봄이, 승우의 귀에 속삭인다.

승우	뭐라고? 거울로 블랙드락을 비춘 사람들이?
봄이	네. 더 무서운 괴물들로 변해 가고 있어요.
승우	이런…….
봄이	무슨 방법이 없나요?
승우	…….
봄이	방법을 찾아 주세요, 박사님.
승우	음……. 봄이야. 아빠는 못 본 건데? 봄이가 지어낸 이야기야?
봄이	바보. 썬드라 언니가 왜 혼자서 멀리멀리 떠났는지 알아? 송곳니가 훨씬 길어졌다는 걸 알았기 때문이야. 블랙드락 왕자를 죽이고 나서.
승우	그래?
봄이	언니가 블랙드락이 되는 건 정말 싫어.

　　　　　　　늦기 전에 구해야 돼.
승우　　　　　알았어. 아빠가 방법을 찾아볼게.
봄이　　　　　정말?

승우, 고개를 끄덕인다.

봄이　　　　　자, 약속.
승우　　　　　약속.

승우, 봄이를 업는다.

승우　　　　　우리 봄이, 이제 자야지.

승우, 봄이를 침대에 눕힌다.
옆에 누워 봄이의 손을 잡는다.
승우, 잠이 든다.
봄이, 일어나 승우를 본다.

봄이　　　　　이제 그 이야기를 들려줘.
　　　　　　　차마 하지 못한 이야기.
　　　　　　　아직 쓰지 못한 이야기.

봄이, 돌아서서 천천히 사라진다.
승우, 잠에서 깬다.
멍하니 앉아 봄이가 누워 있던 자리를 본다.

14장 먼빛 속의 기억

승우, 필배와 테이블*을 사이에 두고 앉아 있다.

필배   너무 달리는 거 아니야?
                  하긴 사 년 만에 칼을 뽑았는데
                  쫙쫙 치고 나가야지.
                  아무튼, 그거 무조건 우리 출판사 거다.
                  근데 무슨 이야기야?
승우   그냥……. 옛날이야기.
필배   아, 살짝만 얘기해줘.
승우   전쟁 이야기.
필배   전쟁? 무슨 전쟁?
승우   한국전쟁.
필배   육이오?
승우   왜?
필배   한승우가?
승우   뭘 그렇게 놀래?
필배   도시, 감수성, 일상적, 모더니스트,
                  한승우 하면 뭐, 그런 단어랑 어울리지,
                  전쟁?
                  와우, 새롭다.
승우   내가 그런 작가였나?
                  그런 문제에 그렇게 관심 없어 보이는
                  작가였나…….

*   2019년 12월 초, 필배의 출판사, 서울.

필배	뭐, 죽고, 죽이고, 헤어지고, 울고, 불고,
	전쟁고아 나오고, 배고프고, 춥고,
	설마 그런 얘기는 아니지?
승우	이제 그런 이야기는 한물간 건가?
필배	형이 쓰는 거니까, 좀 다르겠지 뭐.

티브이 뉴스에서 앵커의 목소리가 들려온다.

[음향] "케이타워 참사사건이 발생한 지도 삼 년이 훌쩍 지나고
있습니다. 특별법 제정에 대한 정부 여당과 야당 간의 갈등이
여전히 지속되고 있는 가운데 분향소 철거와 피해보상 문제를
놓고 유가족협의회 내부의 반목이 점점 격화되고 있다는
소식입니다."

필배	개새끼들, 또 세작들 좀 깔았나 보네.
	아이고, 돌아가는 꼴들이
	어쩌면 이렇게 달라진 게 없냐?
승우	…….

필배, 승우의 눈치를 살피며 티브이를 끈다.
필배, 승우에게 명함을 내민다.

| 필배 | 출판사로 제안이 하나 왔는데 |
| | 꼭 형이 써야 된다네. |

승우, 명함을 본다.

승우	자서전?
필배	비슷해.
승우	변호사가 왜?
	출마하려나 보네.

필배	뻔하지 뭐.
	아직 핏덩어린데, 벌써 청와대 라인이래.
	강대균이라고 기억나?
승우	누구?
필배	왜, 총리 했던 사람 있잖아?
	그 양반 아들이래.
승우	후배들 줘.
필배	몇 장인지 들으면 고민될 걸?
승우	됐어.
필배	큰 걸로 한 장인데?
승우	돈 많이 벌었나 보네.

승우, 명함을 테이블 위에 놓는다.

필배	아, 학교도 그만 뒀다며?
	그냥 아르바이트 한다는 기분으로
	가볍게 써. 형 팬이래.

필배, 명함을 승우의 손에 쥐여 준다.

| 필배 | 생각이나 한번 해봐요. |

승우, 마지못해 명함을 주머니 속에 넣는다.

승우	부탁할 게 하나 있어.
필배	그러면 그렇지, 나오란다고
	그냥 나올 사람이 아니지. 뭔데?
승우	혹시……. 송 선생님, 소식 좀 아니?
필배	송 선생님? 아, 송시춘!
	하아, 아니. 전혀.
	새천년 온다고 뭐 행사 준비

	할 때였으니까 벌써 한 이십 년 됐네.
	엄청 찾았었는데 결국 못 모셨어.
승우	알고 있을 만한 사람 없을까?
필배	글쎄……. 알잖아? 아프신 거.
	근데 갑자기 선생님은 왜?
승우	……. 그냥……. 부탁 좀 할게.
필배	…… 돌아가시지 않았을까?
	연세가 있으신데.
승우	…….
필배	참 재밌는 양반이셨는데.
	뺑고? 밴찌? 그거 뭐였지? 있잖아?
	그 이상한 말.
	뺀…….
승우	뺀졸.
필배	그래, 뺀졸.
승우 · 필배	뺀졸!

둘, 아이처럼 웃는다.

6막
이등병 한대길

15장 봄날 속의 자화상

시춘   뺀쫄!

강의실,* 눈치를 보며 키득거리는 학생들.

[자막] 1984년 봄. 서울

시춘   웃기면 웃어라, 너그들은 뭐가 그래
                   심각하노?

칠판 앞의 시춘, 교탁에 놓인 과제물을 들어 보이며

시춘   자, 자, 여기 문제적 단어를 탄생시킨
                   위대한 작가가 있습니다.

학생들   오오---.

시춘, 과제물을 읽는다.

시춘   그날 이후 그의 삶은 완전히 바뀌었다.
                   그야말로 환골탈퇴의 시간을 보낸
                   것이다.

시춘, 칠판에 '환골탈퇴'라 쓰고, '환골'에 동그라미를 친다.

---

* 1984년 3월, 승우의 학교, 서울.

시춘	자, 환골이라는 서클은 학생회관 몇 층에 있을까요?

학생들, 키득키득.
시춘, '탈퇴'에 밑줄을 긋는다.

시춘	환골탈퇴라. 이건 무슨 후퇴인가요? 아아, 혹시 손자병법에 나오는 말인가요? 임전무퇴랑은 무슨 사이인가요? 뺀졸!

학생들, 웃는다.
시춘, '퇴'에 ×표 하고 '태'를 쓴다.

시춘	박차동.
차동	네.
시춘	맞춤법 쫌 신경 써라, 알았나?
차동	네.
시춘	자, 과제.

시춘, 칠판에 '술 마신 다음 날 땡기는 작가'라고 쓴다.

시춘	술 마실 때 떠오르는 작가보다도 술 깰 때, 머리 아파 죽겠을 때, 취해가 실수도 억수로 했고, 쳐잔다꼬 강의도 못 갔고, 뭔가 죄책감이 이빠이 밀려올 때, 그럴 때 그리운 작가가 소중한 기다. 시인도 좋고 소설가도 좋고 극작가도 좋다. 내한테 그런 작가가 누군지, 그 작가의 어떤 작품이 특히 떠오르는지,

	그걸 정리해서 써온나. 알았나?
학생들	네에.
시춘	아이고, 이쁘게 생겼다.
	딱 유지인이 같네.
	니는 누구 생각나는 작가가 있나?
민아	…… 랭보.
시춘	랭보? 랭보가 어느 나라 사람이고?
민아	블란서……?
시춘	유식하네, 가시나.
	시 하나 읊어 봐라.
민아	…….
시춘	니, 불어로 잘 모르겠습니다가
	먼지 아나?
민아	…….
시춘	가시나, 그것도 모르나?
	알쏭달쏭. 뺀쫄.

학생들, 웃는다.

시춘	일어로는 아리까리, 독어로는 애매모흐,
	중국말로 갸우뚱갸우뚱.
	그럼, 인도말로는 뭐겠노?
학생들	…….
시춘	알간디 모르간디. 뺀쫄!

학생들, 웃는다.

시춘	니는 일단 소주부터 배아라, 알았나?
	거기 전영록이, 니가 한번 말해 봐라.
학생들	우우---.
시춘	와들 그라노? 삐쩍 꼬라가꼬

안경 쓴 태가 영락없구마는.
전영록 씨는 어떤 작가가 떠오르십니까?

석신, 무게를 잡으며 일어난다.

석신　　　　음……. 조용필?

학생들, 웃는다.
석신, 혀를 빼꼼 내밀며 앉는다.

시춘　　　　(정색하며) 조용필! 시대의
　　　　　　　음유시인으로서 대표작으로는
　　　　　　　〈창밖의 여자〉〈돌아와요 부산항에〉
　　　　　　　등이 있습니다.
　　　　　　　우리의 영록 군은 그의 라이벌로서
　　　　　　　다음 시간 우리들에게 〈못 찾겠다
　　　　　　　꾀꼬리〉에 담긴 시대정신에 대해
　　　　　　　들려주실 겁니다. 박수!

학생들, 환호와 박수.

시춘　　　　거기, 안 웃고 인상 쓰고 있는,
　　　　　　　니, 니, 그래 니, 니는 뭔데?
　　　　　　　뭘 쳐다보고 째리보고 노리보고
　　　　　　　꼴아보고 야려보고. 뺀졸.

학생들, 웃는다.

시춘　　　　일나 봐라.

대길, 엉거주춤 일어선다.

시춘	어이, 인상파. 니는 누가 떠오르노?
대길	…… 윤동주요.
학생들	오오----.
시춘	니랑 어울린다고 생각하나?

학생들, 웃는다.

시춘	외우고 있는 거 있으면 함 읊어 봐라.

얼굴이 붉어진 대길, 학생들을 둘러본다.
심호흡을 한다.

대길	자화상.
학생들	오오----.
시춘	쉿.
대길	…… 산모퉁이를 돌아
	논가 외딴 우물을 홀로 찾아가선
	가만히 들여다봅니다.
	우물 속에는 달이 밝고
	구름이 흐르고
	하늘이 펼치고
	파아란 바람이 불고
	가을이 있습니다.
	그리고 한 사나이가 있습니다.
	어쩐지 그 사나이가 미워져 돌아갑니다.
	돌아가다 생각하니
	그 사나이가 가엾어집니다.
	도로 가 들여다보니
	사나이는 그대로 있습니다.
	다시 그 사나이가 미워져 돌아갑니다.

돌아가다 생각하니
그 사나이가 그리워집니다.
우물 속에는 달이 밝고
구름이 흐르고
하늘이 펼치고
파아란 바람이 불고
가을이 있고
추억처럼 사나이가 있습니다.

시춘, 대길을 보며 흐뭇하게 미소 짓는다.

16장 촛불 속의 춤

대길, 모포를 뒤집어쓰고 촛불이 켜진 탁자* 앞에 앉아
책을 읽고 있다.
입김으로 손을 녹여 가며 책장을 넘기는 대길.

[음향] "똑똑"

조심스럽게 문을 두드리는 소리.
대길, 흠칫, 촛불을 끈다.

[음향] "똑똑"

대길, 문 옆 벽에 바짝 등을 붙이고 선다.
살짝 문이 열린다.

시춘   계십니까?

시춘, 얼굴을 내밀며 손전등으로 방을 비춘다.

시춘   여기 탈반 맞지요?
                 간첩 숨어 있다고 신고 받고 왔거든요.
                 이름이 한대길이라고요.

대길, 긴장을 풀며 시춘을 본다.

* 1984년 12월, 대길의 동아리방, 서울.

163

대길	선생님…….

시춘, 대길의 얼굴을 비추며 손전등으로 장난을 친다.
대길, 눈살을 찌푸리며 촛불을 켠다.

대길	아휴, 놀랐잖아요.
여기 있는 거 어떻게 아셨어요?

시춘, 방을 둘러보며 혀를 찬다.

시춘	난로도 없나?
대길	열 시 넘으면 전기도 끊기는데요, 뭐.
시춘	안 춥나?
대길	그냥 뭐…….
시춘	맞다, 도망 다니는 놈이
춥고 배고픈 기 정상이지.
대길	앉으세요.

시춘, 앉으며 호빵과 베지밀이 든 비닐 봉투를
탁자 위에 놓는다.
대길, 호빵을 꺼내 시춘에게 내민다.

시춘	무라. 식는다.

대길, 호빵을 씹는다.
시춘, 베지밀 뚜껑을 따준다.

대길	어떻게 아셨어요?
시춘	낯짝을 볼 수가 있어야지.
아이고, 민주투사 나셨드라.

전두환이도 참. 유인물 쪼가리 좀
날랐다고, 개나 소나 훈장을
달아 주고 지랄이고?
기말 작품은 다 썼나?

대길   쓰고 있어요.
시춘   내긴 낼 꺼가?

시춘, 탁자 위에 놓인 책을 본다.

시춘   「완장」. 읽었나?
대길   읽고 있어요.
시춘   잘 썼더라. 상 받을 만하더라.[96]
대길   윤흥길 작가님이랑도 아세요?
시춘   그럼, 내한테 누님, 누님 하지.
대길   와, 좋으시겠어요.
시춘   누가? 흥길이가? 내가?
대길   아니요……. 뭐.
시춘   니가 내를 잘 모르는 거 같은데
        내가 문단에 처음 나왔을 때….
        마, 됐다. 아 앞에서 떠들어 봤자
        입만 아프지.
대길   저……. 선생님 시 좋아요.
시춘   읽어 보기는 했나?
대길   그럼요.
시춘   뭐가 제일 좋드노?
대길   '공장의 아침'이랑 '군화 소리'도
        좋은데요, 저는 '병원놀이'가
        제일 좋더라고요.
시춘   읊어 봐라.
대길   네?
시춘   와? 못 외우나?

대길	선생님 시는 너무 길어요.
시춘	길기는 뭐가 기노?
	길다꼬 길다꼬 하도 지랄들을 해갖꼬
	희곡 쓰기 시작한 거 아이가.
대길	근데, '병원놀이'에 나오는 이야기,
	진짜 있었던 일이에요?
시춘	내는 내가 아는 것만 쓴다.
대길	그렇구나…….
시춘	니는? 니는 어떻노?
	저번에 써온 거, 니 이야기가?
대길	…… 네.
시춘	소설 잘 쓰데.
대길	네?
시춘	니, 소설 계속 써라.

시춘, 대길을 쏘아본다.

| 시춘 | 알았나? |

대길, 갑자기 '엉엉' 운다.

| 시춘 | 음마, 와 우노? |

시춘, 대길의 등을 쓰다듬어 준다.

| 시춘 | 고생했다, 부모 없이 산다꼬. |

대길, 눈물을 닦는다.

| 시춘 | 열심히 써서 좋은 소설가 돼라이. |
| | 윤흥길이 같은, 아니 더 좋은 작가 돼라. |

작가는 사람 사는 이야기를 써야 된다.
사람들 마음이 담긴 이야기가
사람들 마음을 바꿀 수 있는 기다.
세상을 어떻게 바꾸노?
사람들 마음이 바뀌면 세상도 바뀐다.
알겠나? 운동한다꼬 여기저기 휩쓸리가
좋은 시절 다 베리지 말고. 알았나?

대길, 시춘을 물끄러미 본다.

시춘	와?
대길	운동은 선생님이 전문이잖아요?
시춘	누가 그라드노?
대길	저희도 다 알아요.
시춘	뭐라카노.

시춘, 심각한 표정으로 주위를 살핀다.

시춘	쉿.
대길	왜요?
시춘	소주 있나? 뺀죨.

대길, 웃으며 탁자 밑에서 반쯤 남은 소주를 꺼내 컵에 따른다.
시춘, 마신다. 컵을 대길에게 건네 소주를 따라 준다.

대길	근데, 뺀죨은 무슨 뜻이에요?
시춘	몇 번 말하노? 벨 뜻 없다니까.
대길	진짜요?
시춘	진짜다. 와?
대길	아니요…….
시춘	아무 뜻도 없는 말 쫌 쓰면 안 되나?

너그들은 뭐가 그래 항상 정확하노?
책 쫌 작작 보고 머리 쫌 그만 써라.
운동하는 놈들일수록
감각을 열어야 된다.
같이 데모하던 학생들 중에
억수로 똑똑한 선배가 있었거든.
논리? 말빨? 누가 와도 못 당한다.
근데, 마, 꼬랑내가 장난이 아닌거라.
하루는 어디 하숙방에 모여가꼬
회의를 하는데, 그 선배 옆에
앉았다 아이가. 죽는 줄 알았다.
민족통일이고 민중해방이고 좋아,
다 좋은데, 이상하더라.
어떻게 지 꼬랑내를 저래 모를 수가
있노? 두고두고 그기 이상하더라.
한참 지나서 알았다.
그 선배 단점이 하나 있는데,
더럽게 재미없다는 거거든.
감각이 막힌 기다.
그기 무서운 거다. 이론보다도
사상보다도 감각이 중요하다.
아픔, 슬픔, 불편함, 기쁨, 따뜻함,
즐거움. 그라고 웃음!
알겠나?
시대의 냄새를 맡을 줄 알아야 된다.
세상의 진동을 들을 줄 알아야 된다.
사람의 온도를 느낄 줄 알아야 된다.
그기 먼저다.

| 대길 | 네, 뺀줄. |
| 시춘 | 맞다, 뺀줄. |

대길, 시춘에게 컵을 건네고 소주를 따른다.

대길　　　　요즘에는 뭐 쓰세요?
시춘　　　　못 쓴다. 쓸 시간이 어딨노?

시춘, 한 모금 마신다.

시춘　　　　죽이주는 거 하나 시작은 했는데
　　　　　　다 쓸 수 있을지 모르겠다.
대길　　　　왜요?
시춘　　　　억수로 길거든.
대길　　　　제목이 뭔데요?
시춘　　　　제목? 작가들.
대길　　　　와, 작가들 이야기예요?
시춘　　　　…… 사람 사는 이야기다. 전쟁 때.
대길　　　　육이오요?
시춘　　　　응.
대길　　　　궁금하다.
시춘　　　　나중에 연극으로 하면 봐라.

시춘, 남은 술을 마신다.

시춘　　　　내한테 수첩이 하나 있다.
　　　　　　억울하게 죽은 우리 언니 유품이다.[97]
　　　　　　써야지, 써야지, 언젠가는 써야지…….
　　　　　　벌써 삼십 년이다.
대길　　　　와……. 수첩요?
시춘　　　　길다, 이야기가.

시춘, 벽에 걸려 있는 탈들을 본다.

시춘	니, 춤은 좀 추나?
대길	저, 회장이에요.
시춘	보자.
대길	지금요?

시춘, 고개를 끄덕인다.
대길, 일어나 탈을 쓴다.
시춘, 고개를 끄덕여 가며 장단을 대신한다.
대길, 탈춤을 춘다.

시춘	얼쑤, 얼쑤. 옳지, 잘한다.
	야, 야, 겹사위가 그게 뭐고?

시춘, 일어나 대길 앞으로 간다. 날렵하게 겹사위를 춘다.
시춘과 대길의 탈춤, 촛불에 어른거린다.

17장 폭우 속의 먼지

창밖에서 폭우가 쏟아지는 소리가 들려온다.
돋보기를 쓴 추리닝 차림의 종양,
테이블 앞 소파*에 앉아 진술서를 읽고 있다.[98]
군복 차림의 태식, 맞은편에 앉아 신문에 실린
낱말퍼즐을 풀고 있다.

[자막] 1985년 여름. 서울

태식   아…….
종양   왜? 뭐시 잘 안 풀린가?
태식   뭐, 뭐, 뭐, 만데…….
종양   문제가 뭐신디?

태식, 문제를 읽는다.

태식   사슴을 보고 말이라고 한다는 뜻을
        가진 사자성어.[99] 마……. 호환마마?
        호사다마? 아닌데. 마…….
종양   아이고, 그것도 모른당가?
        위록지마.
태식   네?
종양   위록지마.
태식   아, 맞다, 맞다.

*　1985년 6월 말, 보안사 충무로 분실과 사무실. 서울.

태식, 휘파람을 불며 칸을 채운다.

종양   인자 슬슬 내오소.

태식, 밀실로 들어가 대길을 데리고 나온다.
군복 차림의 대길, 얼굴에 얻어맞은 흔적이 선명하다.
긴장과 불안에 휩싸인 표정으로 종양 앞에 차렷하고 선다.

종양   잉, 아조 군기가 야물게 들었구만.

태식, 소파에 앉아 계속 낱말퍼즐을 푼다.
종양, 대길을 위아래로 훑어본다.

종양   대길아.
대길   이병! 한대길!
태식   조용해 새끼야.
종양   아따, 목청도 좋네.

종양, 대길을 보며 윙크한다.

종양   굿 애프터 눈이여.
대길   …….
종양   앙거.

대길, 태식의 눈치를 본다.

종양   아, 앙거. 괜찮해.

대길, 맞은편에 엉거주춤 앉는다.

종양	편하게 해. 편하게.
	어디 불편한 디는 없고?
대길	네, 그렇습니다.
종양	여기 왜 왔능가는 대강 알제?
대길	…….
종양	겁묵을 거 하나도 없어. 안 잡어묵어.
	빨리 끝내고 짜장면이나 한 그륵씩
	하자고.

종양, 대길을 보며 미소 짓는다.

종양	(진술서를 들며) 국문과라서 그런지
	글솜씨가 아조 솔찬하드만.
대길	감사합니다.
종양	꿈이 소설가라고잉?
대길	네, 그렇습니다.
종양	멋지네.
대길	감사합니다.
종양	그라믄 그 뭐시냐,
	발단, 전개, …. 뭐 고런 것도
	잘 알겄구마잉?
대길	…… 네, 그렇습니다.
종양	고걸 전문적으로 뭐라고 하든디?
대길	…….
종양	몰러?
대길	소설의 오단구성 말씀하시는 거
	같습니다.
종양	잉, 그거 그거.
	근디, 절정 다음에 결말이여?
	위기 다음에 결말이여?
	거, 항상 헷갈리드라고.

대길	발단, 전개, 위기, 절정, 결말입니다.
종양	아따, 야무네.
	글믄 말이여. 그 뭐시냐 소설의
	오단구성으로 보자믄 말이여.
	바로 요 지점서 결말을 맺어부는
	줄거리로 가는 거시, 명작 탄생의
	지름길인 거 같은디,
	한 작가 플로트는 어뗘?
대길	…… 잘 모르겠습니다.
종양	긍께 말이여. 왜 미국 영화들 보믄
	꼭 마지막에 영감탱이 한 명 나와서
	산다는 건 어쩌고 인생은 뭐시고,
	그라고들 덕담 한 마디씩 하고 끝내잖여?
	나의 등장이 자네 소설의 마지막 페이지
	정도에 이뤄지믄 참 좋은 그림이
	될 거시다, 그 말이여.
	내 말 먼 말인지 알겠제?
대길	…….
종양	보기 보덤 센스가 영 롸우 하구마?
	빨갱이덜 꼬랑지로, 발단을 밟아서
	수배 받고 쥐새끼로, 전개를 지나서
	군대 간다 지장 찍고, 위기를 넘어서
	시뻘건 대그빡 푸르게 푸르게,
	절정의 시간을 거쳐서
	바로 지금, 결말이 눈앞이다, 이 말이여.
	(태식에게) 어이.

태식, 소파 옆에 놓인 서랍장에서 서류 한 장을 꺼내
대길 앞에 놓는다.

종양	늠름한 군인이 꾹꾹 눌러쓰는

이름 석 자. 고 장면이 마지막
하이라이트가 되는 거시 나의 바램이여.

대길, 서류를 읽는다.

종양   눈치 보덜 말고 찬찬히 읽어봐.
            별거 없제?

종양, 주머니 속에서 모나미 볼펜을 꺼낸다.
심을 넣었다 뺐다 톡탁거린다.

종양   요거시 뭐더는 물건이당가?
대길   …… 뭘 쓰는 데 필요한 물건입니다.
종양   그라제?
            (볼펜을 내밀며) 자.

대길, 볼펜을 받는다.

종양   써.

대길, 서약서와 종양을 번갈아 본다.

대길   저기……. 정보원 임무라는 게…….

태식, 대길을 노려본다.

종양   이잉. 별거 아니여. 휴가 나와서
            학교에도 가고, 친구들도 만나고,
            누가 어떻게 사는지 이야기도 좀 듣고.
            정보원이 뭐더는 직업이여? 잉?
대길   …… 정보를 캐고 수집하는 직업입니다.

종양   그려. 잘 알구마.
          비슷한 말로는 간첩, 첩자, 세작, 염탐꾼,
          망원, 빨대, 스파이, 프락치. 다양혀.
          그려도 정보원이라는 말이 젤로 이쁘제?

대길, 고개를 숙이고 식은땀을 흘린다.

종양   대길아.
대길   …….
종양   대길아.
대길   이병 한대길.
종양   결말은 이미 나와 있어.
          얼로 어쳐케 가나 끄터리가
          딱 정해져 있다 그 말이여.
          클라이막스를 꼭 피 튀기는 장면으로
          봐부러야 쓰겄써?

종양, 눈을 가늘게 뜨고 대길을 응시한다.

종양   좆구녕을 볼펜심으로, 발단을 쑤셔서
          몽댕이로 통닭구이, 전개를 조져서
          고춧가루 주전자로, 위기를 저셔서
          칠성판에 전화선으로, 절정을 지져서
          뭐, 홍콩 영화에 나오는 성룡이도 아닌디
          고런 험난한 여정을 거칠 필요까정
          있겄는가? 어차피 마지막 장면은
          고거시 고거시여.

대길, 볼펜을 쥔다.
번개가 번쩍인다.
대길, 망설이다가 볼펜을 놓는다.

들려오는 천둥소리.
종양, 일어나 창가로 간다.

종양   겁나게 쏟아져 불구만.

종양, 돌아서서 대길을 본다.

종양   비 오는 날 먼지 나는 거 본 적 있당가?
               나는 있어.
               그 말이라는 거시 말이여.
               살면 살수록 참 대단허단 말이여.
               세상에 있는 모든 말은
               세상에 있는 모든 일이여.
               세상에 없는 일을 지어낸 말은 없드라고.
               나는 슬슬 배가 고픈디, 자네는 짜장면
               비빌 생각이 없구마.
               어이, 고 중사.
태식   네.
종양   뭐더고 있당가?

태식, 일어나 대길을 보며 목을 푼다.
성큼성큼 다가간다.

18장 퍼즐 속의 얼굴

시춘   으아아아아아악- <u>으으으으으으악-</u>.

어둠 속에서 들려오는 시춘의 비명과 신음.

[음향] "쩌벅쩌벅" "쩌벅쩌벅" "끼이이이익"

발자국 소리에 이어 철문이 열리는 소리가 들려온다.
군복을 입은 병천, 들어와 스위치를 켠다.
천장에 매달린 백열전구에 불이 들어온다.
시에스 복[100]을 입은 시춘,
피투성이 녹초가 되어 나무의자*에 앉아 있다.[101]
추리닝 차림의 종양, 들어와 시춘을 본다.

종양   (코를 막으며) 내금새여.

말아 쥐고 있던 전지를 병천에게 건넨다.

종양   여성을 다루는 솜씨가 영 젬벵이구먼.

병천, 고개를 절레절레 흔든다.

병천   독종이에요, 독종.
종양   그려도 그라제 다 식은 숭늉을

* 1985년 9월 초, 보안사 서빙고 분실과 취조실. 서울.

맹들어 노문 쓴당가?
격조 높으신 작가님이랑 쓰쓰헌 블랙이나
한 고뿌 할라고 했등마는.

병천, 전지를 벽에 붙인다.
'문인학생연합 간첩단 조직도'가 펼쳐진다.[102]

병천   그럼 수고하십쇼, 선배님.
종양   잉. 이따 보세.

병천, 거수경례하고 나간다.
종양, 시춘을 넌지시 본다.
시춘, 숨을 몰아쉬며 고개를 든다.
종양, 시춘에게 윙크한다.

종양   굿 애프터 눈이요.

시춘, 부운 얼굴을 찌푸리며 종양을 응시한다.

종양   굿 애프터 눈.
        해가 중천인디 진지는 자셨소?
        뭐 요론 뜻, 아니오?
        나의 해석은 쪼까 다르요.
        인자, 해 졌어.
        고런 뜻이제라. 알겠소?

시춘, 종양을 응시한다.

종양   눈빛 한번 맵소잉?
        아따, 디겄소, 디겄어.

종양, 턱으로 조직도를 가리킨다.

종양   그림 한번 조오체라?

시춘, 힘겹게 고개를 돌려 조직도를 본다.
종양, 일어나 조직도 앞으로 간다.

종양   작가님 감상평을 쬐가 들어보고 싶은디
거시기, 묵비권을 행사하고 계신다고라?
좋제라. 나가 낼모레문 환갑이요.
군복 버서분 지도 꽤 되았는디
작가님 맹키로 심지가 굳센
양반들이 계싱게로, 나겉은 놈들이
여즉 밥버러 묵고 사능거 아니겄소잉.

종양, 율동과 함께 노래를 부른다.

종양   아, 아, 아르바이트, 오늘은 무슨 일일까?
아, 아, 아르바이트, 오늘은 서빙고네요.
짜자잔![103]

종양, 시춘을 보며 씩 웃는다.

종양   나이 쳐묵고 연달 없제라?
우리 막둥이 땜시 이라고 사요.
(속삭이듯 조용히) 아, 서울법대
안 다녀부요. 마이 썬, 마이 호프,
마이 드림이제라.
(혀를 차며) 아따 근디, 요번에 이 차에서
떨어져 부렀소. (한숨) 그놈 검사 빼찌
달아불 날까지는 나가 뒷바라지를 해야

안 쓰겠소?

종양, 헛기침을 하며 품에서 서류를 꺼낸다.

종양 그라문, 본격적으로다가 브리핑을
시작헐라요. 뭐 워낙에 부족언 그림이다
봉께로 듣고만 계시다 보무는 지도편달을
안 허실래야 안 허실 수가 없으실 거요.

종양, 서류를 보며 브리핑을 한다.

종양 문인 학생 연합 간첩단. 약칭 문학련은
1983년 12월 학원자율화조치[104] 이후,
이른바 민주실천문학의 기치를 내걸고
전국 국문과와 문학회의
운동권 학생들을 중심으로 결성된,
전국문학청년학생회를 조종하는
상위 지하조직으로서,
일본 조총련은 물론 북괴 조통위[105]의
사주를 받는 이적 용공 단체임이
드러났다.

종양, 조직도를 본다.

종양 송시춘은 실질적 총책으로서 후배 작가인
오남준과 손기학을 회유하는 한편
출강 수업을 통해 접근한 학생회 간부
유주민과 심서정을 포섭, 학생들의
이적 행위를 지원해 왔으며
유학생 신분으로 국내에 잠입한
조총련 비밀요원 김영진과 수차례

접촉해온 사실이 밝혀졌다.

종양, 서류를 본다.

종양   주모자 송시춘은 1935년 부산 출생으로
방직공장 여공이던 1964년, 시인으로
등단, 재야 문인으로 이름을 알려 왔으며
최근 몇 년 동안 마당극 운동이라는
명목하에, 사회주의 이념 전파를
목적으로 적색혁명을 선동하는
수 편의 공연 대본을 써왔음이 드러났다.
뿐만 아니라 평소 학생들에게…….

눈을 감고 인상을 쓰고 있던 시춘,
갑자기 탄성을 뱉으며 눈을 뜬다.

시춘   강종양.

종양, 흠칫 놀라며 말을 멈춘다.
시춘, 종양을 보며 미소 짓는다.

시춘   그래, 강종양.
종양   …….

종양, 자기도 모르게 침을 꿀꺽 삼킨다.

시춘   기억 안 나?

종양, 멍하니 시춘을 본다.

시춘   안 나?

종양, 멀뚱멀뚱 눈을 깜박거린다.
시춘, 부릅뜬 두 눈에 핏물이 맺힌다.
종양, 한숨을 쉬며 시춘 앞에 의자를 놓고 앉는다.
고개를 숙이며 왼손으로 살갗이 문드러진 시춘의 손을 잡는다.

종양　　　　실례헙니다만 누구십니까?

종양, 오른손에 쥐고 있던 볼펜을 시춘의 짓무른 손에 대고
톡탁 심을 누른다.
시춘, 비명을 지른다.

종양　　　　아, 우리 은제 만난 적이 있었습니까?

종양, 톡탁 심을 누른다.
시춘, 비명을 지른다.

종양　　　　뭐, 요라고 나올 줄 알아써?

종양, 시춘에게 바짝 얼굴을 들이댄다.

종양　　　　언젠가 어디선가 보긴 봤것제.
　　　　　　　나는 맞는 년이고 나는 패는 놈이었것제.
　　　　　　　나는 비는 년이고 나는 밟는 놈이었것제.
　　　　　　　나는 불쌍헌 년이고
　　　　　　　나는 숭학언 놈이었것제.
　　　　　　　느가부지는 울아부지를 쥑인
　　　　　　　뽈갱이었것제.
　　　　　　　늑오래비는 우리 성님을 쥑인
　　　　　　　뽈갱이었것제.
　　　　　　　나는 뽈갱이 딸년이고

나는 뽈갱이 백정이겄제.

종양, 숨을 몰아쉰다.

종양   눈물이라도 흘림서
              뛰처나가불 줄 알아써?
              양심의 참회라도 하문서 말이여. 잉?

종양, 톡탁 심을 누른다.
시춘, 비명을 지른다.

종양   아, 긍께, 볼펜은 볼펜으로 보일 때가
              좋은 거시여!

19장 각본 속의 수첩

군복을 입은 대길, 소파*에 앉아 짜장면을 먹고 있다.
맞은편에 앉은 군복 차림의 태식,
짜장면을 먹으며 낱말퍼즐을 푼다.

태식	야, 불꽃을 다른 말로 뭐라고 그러지?
	두 글자. 상, 뭔데…. 상화? 아닌데.
대길	불꽃이오? 상으로 시작해요?
태식	응.
대길	상? 상……. 뭐, 없는데.
	확실히 상으로 시작해요?
태식	그래, 인마. 초상화의 상.

대길, 신문을 보며 문제를 읽는다.

대길	스스로를 그린 그림은?
태식	맞잖아. 초상화.
대길	자화상 아닌가?
태식	자화상?
대길	네. 여기가 자화상이면, 그럼…….
	화……. 아, 화염이네. 화염.
	가로에 자화상, 세로에 화염.

밀실 문이 열린다.

* 1985년 9월 중순, 보안사 충무로 분실과 사무실, 서울.

양복 차림의 종양, 잔뜩 긴장한 영진을 데리고 나온다.

태식   불어요, 선배님.
대길   잘 비벼놨습니다.
종양   언능 묵어 묵어.
          (영진에게) 우리도 묵자고.
          앙거.

종양과 영진, 소파에 앉는다.
종양, 나무젓가락을 쪼개 영진에게 건넨다.

종양   많이 묵소잉?

영진, 어수룩하게 고개를 끄덕이며 젓가락을 든다.

태식   야, 너 그렇게 입고 있으니까
          인물이 확 산다, 야.
종양   그라제? 아조 스마트 허제?

맞은편에 앉은 종양, 후루룩 쩝쩝, 짜장면을 넘기며
대길을 본다.

종양   아직도 하나여?
대길   다음 달에 일병 답니다.
종양   철책 짬밥보덤은 짜장이 맛나제?
대길   네 그렇습니다.
종양   요번 휴가는 쪼매 길 거시여.
대길   네 알겠습니다.

삐 - 삐 - 인터폰이 울린다.
태식, 수화기를 든다.

| 태식 | 통신보안. |
| | 그래? 알았다. |

태식, 수화기를 놓는다.

| 태식 | 왔다는데요? |
| 종양 | (시계를 보며) 벌써? 아따, 벨일이네. |

종양, 일어난다.
영진, 엉거주춤 일어선다.
대길, 그릇을 정리한다.

| 종양 | 연스번 고대로 하문 되는 거시여. 잉? |
| 영진 | 네. |

태식, 출입문을 연다.
기자 재천과 동용, 카메라맨 무석과 판수, 들어온다.

| 종양 | 아따, 오랜만이네. |

종양, 기자들과 악수한다.

종양	전 기자는 승진 해불었담서?
	우리 신 기자는 곧 아빠 된다고?
	앙그쇼, 앙거. 요라고딜 오셨는디
	꿀물이라도 한 고뿌씩 허셔야제.
재천	얼른 찍고 가봐야 돼요.

동용, 소파 앞에 서 있는 영진을 본다.

동용	저 친구예요?
종양	잉.
재천	앉으세요.

영진, 소파에 엉거주춤 앉는다.
동용과 재천, 각자의 카메라맨과 촬영구도를 상의한다.
케이비에스 카메라는 우측에, 엠비시 카메라는 좌측에
자리 잡아 영진을 겨눈다.

종양	좌 엠비씨, 우 케이비에쓰, 아따, 멋지네.
동용	준비됐어요?
영진	네.

영진, 침을 꼴깍 삼킨다.
카메라와 기자들 뒤의 종양과 태식, 눈을 치켜뜨고
영진을 주시한다.
맨 뒤의 대길, 무심히 지켜본다.

동용	자, 시작하세요.

영진, 미리 외워둔 말을 읊기 시작한다. 일본어 투가 강하다.

영진	저는 혁명 조직을 구축하라는
	북조선의 사주를 받아
재천	(말을 끊으며) 크게. 다시.

영진, 종양의 눈치를 보며 침을 삼킨다.

영진	저는 혁명 조직을 구축하라는
	북조선의 사주를 받아 유학생으로 위장해
	한국에 왔습니다.

동용	근데, 여기 좀 어둡다.
재천	그러게.
동용	날씨 좋은데 밖에서 찍읍시다.
종양	그려, 그려. 거, 근디 말을 하나 빼묵어 부렀는디 으째야 쓰까?
동용	어차피 보도간첩인데요, 뭐.[106]
종양	긍가? 글제? 뭐, 선수들인디 알아서 잘 뽑아 주겠제.

태식, 영진을 데리고 기자들과 카메라맨들을 안내해
출입문을 나간다.
종양, 나가는 영진에게 눈을 부라리며 기자들을 향해

종양	가 있소잉. 나는 꿀물 좀 타갈랑께.

종양, 소파에 털썩 앉는다.
서랍장에서 돈 봉투 네 개를 꺼내 품에 넣는다.

종양	씨벌눔들.

종양, 입구에 서 있는 대길을 본다.

종양	일로 좀 오소.

대길, 종양을 마주보고 앉는다.
서랍장에서 서류 봉투 하나를 꺼내 테이블 위에 놓는다.

종양	끌러보소.

대길, 서류봉투를 열어 내용물을 꺼낸다.

원고지 뭉치와 낡은 수첩*이 나온다.

종양   자네 덕이 솔찬히 컸는디 말이여.
          뭐슬 털어 봐야 거그서 거그여.
          거, 시나리오도 완벽어고 캐스팅도
          끝났는디, 카메라 앞에 세우기에는
          근사헌 소품이 하나 절실헌디
          말이여…….

원고를 넘겨 보는 대길, 손을 떤다.
종양, 대길을 응시한다.

종양   고걸로 물건 하나 맨들어 봐.
대길   …….
종양   연극 대본인디 끄슬 못냈드라고.
          자네가 마무리를 혀.
대길   …….
종양   그 수첩은 뭐라 그래썼드라?
          거, 작품에 영향을 주고받고 그거를,
          모 머라고 허든디? 몰러?
대길   모티브라고 합니다.
종양   잉, 그거, 그거, 모티브.
          말이 참 근사혀. 모티브. 안긍가?
대길   …….
종양   그랑께 내 말이 뭔 말인 줄 알겠제?
          고거슬 모티브로다가 작품 하나
          시원허니 써부러. 김일성이도 울고 갈
          명작을 말이여.
대길   …….

*   선호의 수첩.

190

종양	어째, 짜장이 영 소화가 안 된당가?
대길	아닙니다.
종양	용상이 소식 들었제?
대길	…….
종양	잉?
대길	네, 그렇습니다.
종양	으쩌다가 목을 매붓으까?
대길	…….
종양	매붓으까? 누가 매부렀으까?

대길, 식은땀을 흘린다.
종양, 대길 옆에 앉는다.

| 종양 | 명색이 대본인디 같이 한 번
일거 보세. 잉? |

대길, 원고를 읽는다.

| 대길 | 작가들.
송시춘. |
|------|------|
| 종양 | 제일 막.
제주 소년 나선호. |
| 대길 | 호오이,
호오이,
들려오는 숨비소리. |
종양	오빠, 나도 엄마처럼 해녀가 될 거다.
대길	오빠는 소설가가 될 거다.
종양	소설가가 뭔데?
대길	……. 소설 쓰는 사람!
종양	소설이 뭔데?
대길	소설은,

소설은 사람 사는 이야기다!

종양, 대길을 노려본다.
대길, 눈물을 닦는다.
종양, 원고 뭉치 중간을 펼친다.

종양   저 상자는 뭐지?
대길   쓰고 남은 포탄 운반상자입니다.
종양   껍데기의 이름은 나도 알아.
              어떤 알맹이가 숨어 있지?

20장 밀실 속의 연극

종양   껍데기의 이름은 나도 알아.
                    어떤 알맹이가 숨어 있지?

종양과 병천, 탁자* 앞에 나란히 앉아 시춘을 향해
수정된 원고를 읽는다.
입을 앙다문 시춘, 눈을 감고 의자에 앉아 있다.

병천   비어 있습니다.
종양   지금 그 말을 믿으란 말인가?
병천   선호, 어쩔 줄 몰라 식은땀을 흘린다.

종양, 시춘을 보며 지그시 웃는다.

종양   아따, 보통 어려운 연극이 아니여.
                    배우덜이 힘들거써. 아, 어쩔 줄 모르는
                    표정이야 어쩌코롬 되거써도
                    갑자기 식은땀을 흘리라고 써불문
                    워메, 배우덜이 무신 요술사당가?
                    (병천을 보며) 계속 허세.

상처 자국으로 얼굴이 엉망인 대길, 경직된 자세로 서서
수정한 원고를 읽는다.

*   1985년 10월 중순, 보안사 서빙고 분실과 취조실, 서울.

소파*에 앉은 종양, 입술을 다신다.

대길	똑, 똑, 똑똑, 똑, 똑, 똑.
종양	순이, 뚜껑을 열고 얼굴을 내민다.
대길	금방 올게. 딱 하룻밤만 기다려.
	알았지?
종양	순이, 고개를 끄덕인다.
대길	금방 갔다 올게.
종양	선호, 순이를 끌어안고 운다.
대길	기다려. 기다리고 있어. 꼭 돌아오게.
종양	선호, 상자 뚜껑을 닫고
	전장을 향해 달려간다.
대길	무대 점차 어둠에 잠긴다.
종양	공격 개시를 알리는 중공군들의
	나팔 소리가 들려온다.
대길	한동안 치열한 전투 소리가 이어진다.
종양	무대 점점 밝아진다.
대길	미군 장교들, 심각한 표정으로
	비상 회의를 한다.
종양	시간이 없습니다.
대길	탄약과 무기 들을 옮길 여력이 없습니다.
종양	적의 손에 넘어가는 일은 막아야 합니다.
대길	알았다. 야적장을 폭파하라.
종양	미군 병사, 상자가 있는 야적장에
	폭탄을 설치한다.
대길	병사들, 철수 준비를 마친다.
종양	즉시 폭파 단추를 눌러라.
대길	그때 피투성이가 된 선호,
	모습을 드러낸다.

---

*   1985년 10월 초, 보안사 충무로 분실과 사무실. 서울.

종양	숨을 몰아쉬며 상자를 향해 기어온다.
대길	똑, 똑, 똑똑, 똑, 똑, 똑.
종양	상자 속에서 들려오는 소리가 애처롭다.
대길	그 순간.
종양	쾅! 쾅! 콰광쾅!
대길	폭탄 소리, 천지를 흔든다.
종양	선호의 시체와 순이의 상자가 서서히 어둠 속에 묻힌다.

종양, 고개를 갸우뚱거리며 한숨을 쉰다.
대길, 초조한 눈빛으로 종양의 눈치를 살핀다.

종양	영, 심심헌디? 다시 온다 글고 뚜껑 닫는 거까지는 원래 있는 스토리제?
대길	네, 그렇습니다.
종양	긍게, 결말을 왜 그라고 썼능가 자네 의도는 알거써. 거, 미국 놈덜얼 나쁜 넘덜로 묘사를 잘 혔어. 고런 의도는 읽혀. 읽히는디, 강력언 한 방이 부조건 느낌이여. 장정구 쨉 가지고는 십오 라운드 이 대 일 판정승뿐이 안 된다 이 말이여. 일 회부터 케이오를 시켜불라문 박종팔이 라이트훅이 한 방 있어야 허는디.
대길	죄송합니다.
종양	아녀, 아녀. 인자 맘묵고 쓰기 시작헌 마당인디, 창작의 아이디어를 찬찬히 모아 보세.

종양, 일어나 눈을 껌벅거린다.

| 종양 | 각색의 방향을 요라고 가불문 어떠거써? |

종양과 병천, 탁자* 앞에 나란히 앉아 시춘을 향해
수정된 원고를 읽는다.

병천	선호, 어쩔 줄 몰라 식은땀을 흘린다.
종양	상자 앞으로 온 인민군 장교,
	뚜껑을 향해 손을 뻗는다.
병천	안에 어떤 보물을 감췄지?
종양	인민군 장교, 뚜껑을 연다.
병천	상자 속에서 벌벌벌 떠는 순이.
종양	인민군 장교, 선호를 노려본다.

눈을 감은 시춘, 숨을 몰아쉰다.

병천	어느 부대 소속이지?
종양	미제 앞잡이들의 원수를 갚으러
	의용군에 자원입대했습니다.

대길과 종양, 소파**에 마주앉아 수정한 원고를 읽는다.

대길	이 아이는 누구지?
종양	양키의 폭격으로 부모를 잃었습니다.
	게다가 앞을 못 보는 아이입니다.
대길	저런. 왜 진작 보고하지 않았나?
종양	인민군 장교, 순이를 부둥켜안는다.
대길	아이들아, 어버이들은 미국 놈들의

* 1985년 10월 중순, 보안사 서빙고 분실과 취조실, 서울.

** 1985년 10월 초, 보안사 충무로 분실과 사무실, 서울.

	폭탄에 등이 갈라졌지만
	가슴은 너희들을 못 잊어 터졌단다.
종양	인민군 장교, 선호를 본다.
대길	우리 인민군대는 소중한 생명을
	보호할 의무가 있다.
종양	선호, 감격한 표정으로 인민군 장교를
	올려다본다.
대길	이게 모두 위대한 장군님의 뜻일세.
종양	김일성 장군 만세!
대길	조선민주주의인민공화국 만세!
종양	만세!
대길	만세!

종양과 병천, 탁자* 앞에 나란히 앉아 시춘을 향해
수정된 원고를 읽는다.

병천	국방군과 인민군의 치열한 전투가
	시작된다.
종양	순이야!
병천	선호, 총에 맞아 축 늘어진 순이를 본다.
종양	눈물을 흘리던 선호, 눈을 부릅뜨며
	참호 밖으로 뛰어나간다.
병천	미제 앞잡이 원수들아!
종양	탕!
병천	선호, 국방군 장교의 권총에
	머리를 맞는다.
종양	선호, 피눈물을 흘리며
	마지막 숨을 헐떡인다.
병천	조선민주주의인민공화국 만세!

---

*   1985년 10월 중순, 보안사 서빙고 분실과 취조실, 서울.

종양   김일성 장군님 만세!

종양과 병천, 박수를 친다.
입을 앙다문 시춘, 종양을 노려본다.

종양   아따, 김일성이가 머시여,
             스딸린 할애비가 와도 울고 가거써.
             거, 노벨문학상 타부는 거 아니여?

종양, 원고를 들고 시춘 앞으로 다가간다.

종양   세상에 쎄고 쌘 거시 작간디 아따,
             기분 좋거써. 글씨도 으쩌문 요라고
             한 자 한 자 멋시러운지.

시춘, 종양의 얼굴을 향해 침을 뱉는다.
병천, 손수건으로 종양의 얼굴을 닦아준다.

종양   씨벌.

종양, 시춘을 보며 씩 웃는다.

종양   그려, 그려. 그라고 말을 안 해분디
             입구녕에 거무새끼덜이 드글드글 허겄제.
             요라고 애를 쓰는 거시 보이문 사람이
             예으가 있어야제. 성이 안 찬다 그거제?
             그려! 진짜로 징언 연극얼
             한 편 봐불자고!
             (병천에게) 데꼬 오소.

병천, 나간다.

종양   복날에 발정난 개보지 맹키
            말문이 확 열릴 거시여.

병천, 근숙을 데리고 들어온다.
파마머리에 평범한 인상 차림의 근숙, 종양에게 고개를 숙인다.

종양   일사후퇴 때 내려온 황해도 반공소녀여.
            자세한 이력은 차차 자세허니
            들려줄 거싱게, 잘 들어보드라고잉?

종양과 병천, 나간다.
근숙, 시춘에게 다가가며 숨을 몰아쉰다.

근숙   버버버버버.*

근숙, 시춘의 턱을 잡으며 얼굴을 들이댄다.

근숙   버버버버.**

근숙, 광기 어린 적개심을 뿜어내며 시춘을 노려본다.

근숙   버버버버버버버버!
            버버버버버버버버버버버버버!***

시춘, 눈을 감으며 귀를 막는다.

*   야, 이 쌍년아.
**   이 씨발년아.
*** 이 빨갱이 씨발년아! 이 찢어 죽여도 시원찮을 개 같은 년아!

근숙   버버버버버버버버버버버버버!
　　　　　　버버버버버버버버버버버버!*

근숙, 시춘 주위를 미친 듯이 맴돈다.

근숙   버버버버버버버버버버버버버?
　　　　　　버버버버버버버버버버버버
　　　　　　버버버버버버버!**

시춘, 쌓였던 감정이 일시에 터져 나온다.
짐승 같은 신음 소리를 뱉어 내며 한동안 처절하게 운다.

근숙   버버버버버버버버버!***

시춘, 멍하니 근숙을 본다.
근숙, 흠칫 놀란다.

시춘   버버버! 버버버! 버버버버버버버버!

근숙, 주춤 뒤로 물러선다.

시춘   버버버버버버! 버버버버버버버버!
　　　　　　버버버버버버버!

종양, 들어온다.
시춘, 종양을 보며 배시시 웃는다.

---

*　　우리 아버지를 죽인 빨갱이년아! 우리 어머니를 죽인 빨갱이년아!

**　　내가 그동안 어떻게 살아왔는지 알아? 내가 너 같은 빨갱이들
때문에 어떻게 살아왔는지 알아!

***　쇼하지 마, 이 씨발년아!

시춘   버버버.

시춘, 근숙을 보며 해맑게 웃는다.
근숙, 뒷걸음치며 허겁지겁 나간다.

시춘   버버버.

종양, 한숨을 쉰다.

종양   말짱 쏘 되부렀네, 쏘 되부렀어.
              어이구, 씨벌.
시춘   버버버. 버버버버버버.

종양, 돌아서서 고함을 지르며 나간다.

종양   씨마이 혁!

소각용 드럼통* 앞에 우두커니 서 있는 대길.
멍하니 바닥에 놓인 원고 뭉치를 본다.
고개를 들어 잠시 먼 하늘을 본다.
가을 햇살이 눈부시다.
눈살을 찌푸리며 원고 뭉치를 드럼통 속에 넣는다.
기름통을 들어 휘발유를 뿌린다.
대길, 품속에서 수첩을 꺼내 왼손에 든다.
주머니에서 지포라이터를 꺼내 오른손에 쥔다.
딸깍, 라이터 뚜껑을 연다.

[음향] "똑. 똑. 똑똑. 똑. 똑. 똑"

*   1985년 10월 중순, 보안사 충무로 분실과 옥상, 서울.

대길, 잠시 뒤를 돌아본다.
다시 라이터를 수첩으로 향한다.
철컥, 불꽃을 켠다.
수첩, 불꽃에 타오르기 시작한다.

명이　　　　　(소리) 호오이! 호오이!
막이　　　　　(소리) ~~호호호호호호호호호호호~~.

[음향] "똑! 똑! 똑똑! 똑! 똑! 똑!"

불꽃에 어른거리는 대길의 얼굴.
그 순간,

[음향] "쌔해해해해해히히히히히히히힝---"

미군 폭격기의 굉음이 매섭게 다가온다.
대길, 불타는 수첩을 드럼통 속으로 던진다.

[음향] "쿠광쾅쾅쾅- 쿠구쿵- 쿠구쿵 쿠쿵!"

상자가 있던 갱도와 봄이가 있던 타워가
무너져 내리는 소리가 동시에 들려온다.

시춘　　　　　버버버버버. 버버버버버버.

대길의 어둔 그림자, 불길에 휘청거린다.

주

16장

96   1983년 현대문학상

97   시춘의 언니 시자는 1951년 특무대로 끌려가 해운대
앞바다에서 처형된 후 바다에 수장되었다.

17장

98   1985년 당시 보안사 충무로 분실은 현재 진양프라자로
바뀐 진양맨션 안에 있었다.

99   지록위마 : 사실이 아닌 것을 사실로 만들어 강압으로
인정하게 한다는 뜻이다.

18장

100   CS복 : 유격 훈련용 폐급 군복

101   1985년 당시 보안사 서빙고 분실은 기무사 직원 아파트
공원 부지에 있었다. 참고로 1985년 9월은 김근태가 남영동
대공분실에서 그 끔찍한 물고문을 당하고 있던 때이다.

102   진보적 작가들에 대한 박정희, 전두환 군사정권의 탄압은
조작 사건으로 이어졌다. 1974년 '문인 및 지식인 간첩 사건'이
대표적이다. 동인지 『한양』이 조총련과 연계되었다는 것을
빌미로 삼아 소설가 이호철, 평론가 임헌영 등 5명을 '반공법
및 간첩 혐의'로 구속했던 이 사건은 훗날 보안사의
조작이었음이 밝혀졌다.
1967년 동백림 간첩 사건으로 구속된 천상병을 비롯해
1970년대에는 윤흥길, 이문구를 비롯한 자유실천문인협의회
소속 작가들의 경찰에 연행되었으며 송기숙, 양성우 등은
옥고를 치렀다. 1980년대에 들어와서도 고은, 송기원이
내란 음모 사건으로 구속되었으며 김지하, 황석영 등은 당국의
감시와 탄압을 받았다.

103   당시 〈유머1번지〉의 인기 코너였던 장두석, 김정식

콤비의 '아르바이트 백과'의 코너송.

104　학원자율화조치 : 운동권 제적생의 복교 허용을 골자로
하는 일련의 유화 조치를 말한다. 전두환 정권은 학내의
경찰을 철수시키는 대신 사복 경찰을 배치하고 학생 프락치를
양산하는 기만책을 썼다.

105　북한 조국통일위원회. 우리로 치면 통일부인 셈이다.

19장

106　1983년 보안사에 연행돼 고문을 당하고 북한 공작원으로
날조된 재일교포 김병진은 1986년까지 보안사에 강제로
특별 채용돼 재일한국인을 간첩으로 조작하는 일에 투입됐다.
그의 증언서『보안사』(이매진, 2013)에는 당시 '간첩 보도'를
위해 자신을 취재 나왔던 방송사 기자들이 '조작된 간첩'임을
알면서도 태연하게 거짓 방송을 촬영하던 비윤리적 행태가
생생하게 담겨 있다. "어차피 보도 간첩이니까요"는 김병진이
기억하고 있는 KBS 기자의 당시 발언이다.

7막
상자 속의 작가

21장 나선 속의 시간

승우와 필배, 테이블* 앞에 마주앉아 있다.

[자막] 2019년 겨울. 서울

승우   갑자기 웬일이야 이런 데는?

종업원 민지, 수저 세 벌을 들고 와 테이블을 세팅한다.
승우, 필배를 본다.

승우   뭐야?
필배   그냥 비싼 거나 좀 얻어먹고 갑시다.
승우   누군데?
필배   좀 그렇게 됐어.
승우   자서전?
필배   미안해.
승우   너도 참…….
필배   (입구를 보며) 온다, 온다.
            오늘은 그냥 인사나 좀 해.

필배, 일어난다.
승우, 마지못해 일어난다.
태훈, 다가와 인사한다.
서글서글한 미남형 신사다.

* 2019년 12월 말, 호텔 일식집, 서울.

| 태훈 | 안녕하셨어요? |

태훈, 필배와 악수하고
승우에게 악수를 청한다.

태훈	처음 뵙겠습니다.
	강태훈이라고 합니다.
승우	한승웁니다.

승우, 어색하게 웃으며 태훈과 악수한다.
셋, 자리에 앉는다.
민지, 식전 음식으로 전복죽을 놓고 간다.
셋, 죽을 떠먹는다.

태훈	일식 즐겨하시죠?
필배	그럼요.
	자주 오시나 봐요?
태훈	네. 종종 옵니다.
	주방장이 요코하마 출신인데
	이시가리가 아주 일품입니다.
필배	아.
	근데, '마타'가 다시라는 뜻 맞지요?
태훈	네. 다시 보자, 그런 뜻으로 지었다고
	들었습니다.
필배	하하. 이름 좋네요.
태훈	작가님, 많이 드십쇼.
승우	네.
태훈	뵙게 돼서 정말 영광입니다.

태훈, 진심 어린 눈빛으로 승우를 본다.

필배	어쩌다가 이렇게 광팬이 되셨어요?
태훈	제가 원래 한국 소설은
	거의 안 봤었거든요.
	「가로등 소년」을 읽고 있는데
	에드워드 호퍼 그림을 보고 있는 것
	같은 기분이 들더라고요. 일상 속에 있는
	소소한 인물들을 포착해 내는 느낌이
	좋았습니다.
필배	와, 예술에 조예가 깊으시네요.
태훈	뭘요, 하하.
필배	배지 다시면 문방위 들어가시면
	되겠네요. 하하.
태훈	잘 좀 도와주십쇼. 하하.

필배, 서먹해하는 승우를 의식하며

필배	근데, 한승우 소설은 언제 처음
	보셨어요?
태훈	그게 아마, 깜짝 놀라실 겁니다.
	(승우에게) 말씀드려도 될까요?
승우	…… 네.
태훈	정말 놀라실 걸요.
	실은 저희 할아버지 때문에
	알게 됐습니다.
필배	할아버님요?
태훈	네. 학교 다닐 땐데 벌써
	한 십 년 됐네요.
	책을 하나 사오라고 하셨는데
	그게 한 작가님 소설이었어요.
필배	뭐, 그때 한참 잘나갈 때였죠.

승우	조부님께서 책을 좋아하셨나 봅니다.
태훈	좋아하시는 정도가 아닙니다.
	은퇴 후에 시를 쓰셨어요.
	시집도 한 권 내셨고요.
필배	아. 그러시구나.
태훈	워낙 문학에 관심이 많으시기도
	하셨는데, 그때가 작가님
	커피 모델 하실 때였거든요.
필배	맞아요.
태훈	아는 얼굴이라고 하시는 거예요.
필배	오.
태훈	이름은 다른데 아무래도 맞는 거 같다고.
필배	어? 그럼 진짜 형 맞는데?
태훈	아무래도 밑에 있었던 병사 같다고.
필배	아, 군인이셨구나.
태훈	누군지 아시겠어요?
승우	글쎄요. 존함이……?
태훈	굿 애프터 눈.

승우, 얼어붙는다.

태훈	하하하. 제가 놀라실 거라고
	말씀드렸잖아요? 하하하.
	할아버지도 참, 연세가 아흔 하고도
	하나신데, 아직도 장난기가 장난이
	아니세요. 뵐 거라고 말씀드렸더니
	꼭 그렇게 알려드리라고 하시더라고요.
	굿 애프터 눈. 하하하.
	별명이셨다고. 하하하.
필배	아아, 하하하.

승우, 표정이 점점 굳어진다.
태훈, 민망한 얼굴로 승우와 필배를 번갈아 본다.

승우　　　　…… 살아 있다고요?
태훈　　　　…… 네?

승우, 혼란스런 표정으로 자리에서 일어난다.

필배　　　　형……?

돌아서서 자리를 빠져나오던 승우, 잠시 휘청거린다.
숨을 몰아쉬며 다시 태훈을 향해 돌아선다.

승우　　　　아직도?
　　　　　　아직도 살아 있다고?

22장 상자 속의 얼굴들

복도 창밖으로 함박눈이 내린다.
승우, 천천히 걸어와 탈반* 문 앞에 선다.
조심스럽게 노크한다. 반응이 없다. 문을 연다.
아무도 없는 동아리방.
승우, 탁자 앞에 앉아 벽면에 걸린 탈들을 둘러본다.
학창 시절 썼던 오래된 자신의 탈을 발견한다.
탈을 손에 들고 우두커니 내려다보던 승우,
심호흡을 하고 탈을 쓴다.
승우, 어깨를 들썩인다.
탈춤을 춘다.

승우   빼쫄!
           어디 계세요?
           네?
           아, 어디 계세요?

승우, 흐느끼며 춤을 춘다.

승우   여기 계셨어요?
           왜 아직도 여기 계셨어요?

탈을 쓴 승우, 한동안 무릎을 꿇고 어깨를 들썩인다.

*   2020년 1월. 승우 모교의 동아리방. 서울.

명이	호-오-이!
막이	호호호호호호호호호호.

명이, 숨비소리를 뱉으며,
막이, 호호호 웃으며 들어온다.
곧이어 선호, 공책을 들고,
호룡, 화첩을 들고,
시자, 시집을 들고 들어온다.
인물들, 순이의 상자 곁에 둘러앉는다.
선호, 명이의 이름을 써 보여 준다.
호룡, 막이의 얼굴을 그린다.
시자, 시집을 읽으며 감상에 잠긴다.
승우, 천천히 탈을 벗는다.
선호, 명이, 호룡, 막이, 시자의 얼굴을 본다.
인물들, 승우를 향해 일어난다.
승우, 인물들과 마주선다.
승우를 보던 인물들, 고개를 돌려 뒤를 본다.
시춘, 순이의 손을 잡고 천천히 승우를 향해 걸어온다.
시춘, 나지막하게 입을 연다.

시춘	쓰라고 그란 기다.
	니보고 쓰라고 그란 기다.
	니 작가 만들라꼬 그란 기다.
	니 작가 만들라꼬 그런 일들이
	있었던 기다.
	쓰라고.
	니보고 쓰라고.

인물들, 승우를 응시한다.

시춘	똑.

선호	똑.
명이	똑똑.
호룡	똑.
막이	똑.
시자	똑.
순이	똑. 똑. 똑똑. 똑. 똑. 똑.

23장 작가 속의 태아

[자막] 2020년 초봄. 서울

외투 차림 그대로 바닥*에 웅크려 잠들어 있는 승우.
배가 볼록한 미연, 청소기를 끌고 들어온다.
바닥에 뒹구는 술병과 옷가지 들을 치우며 커튼과 창문을 연다.
미연, 승우 앞으로 다가가 머리맡에 앉는다.
승우의 얼굴을 지그시 내려다보다가
고개를 돌려 창밖을 본다.
미연, 일어나 청소를 시작한다.
청소기의 모터, 시원하게 돌아간다.
승우, 눈을 뜬다.
미연을 보며 앉는다.

미연   잘 잤어?

미연, 청소기를 끈다.
승우, 미연의 배를 본다.

미연   안 일어날 거야?

승우, 미연의 얼굴을 응시한다.

승우   봄이?

* 　2020년 2월, 승우의 서재, 서울.

미연, 엷게 웃으며 고개를 끄덕인다.
승우, 일어나 미연을 안는다.
승우, 미연의 배에 얼굴을 묻는다.
미연, 승우의 머리를 쓰다듬는다.
침착한 호흡으로 말을 이어간다.

미연   다시 낳을 거야.
                우리 봄이 다시 낳을 거야.

미연, 배를 천천히 쓰다듬는다.

미연   언제 낳을 수 있을지 아직은 몰라.

승우, 미연을 올려다보며 고개를 끄덕인다.
미연, 책상 위에 놓인 소설집을 본다.

미연   읽었어?

승우, 고개를 끄덕인다.
승우, 「침묵」의 한 대목을 읽기 시작한다.

승우   이제 나를 용서해줄 수 없겠니?
                하루가 십 년이었어.
                이제 나를 좀 용서해줄 수 없겠니?
                일 년이 백 년이었어.

미연, 승우를 보며 「침묵」에 나오는 소녀의 말을 읊는다.

미연   어쩌면 벌써 용서했는지도 몰라요.
                그런데 그러면 안 될 것 같아요.

이렇게 불쌍하다고 봐주고
마음이 아프다고 봐주면
그런다고 다 용서해 버리면 안 될 것
같아요. 왜 그러면 안 되는지는
잘 모르겠어요.
그러니까 내 말은 앞으로도 아저씨를
용서하지 않겠다는 말이에요.
용서를 안 한다는 말은 미워하겠다는
말이 아니에요.
용서를 안 하겠다는 말은
용서를 안 하겠다는 말이에요.

미연, 담담하게 승우의 눈가를 닦아 준다.

승우   어쩌면 그렇게 글을 잘 들리게 말해?
미연   배우잖아.

미연, 승우를 안아 준다.

미연   기억해.
    포기하지 마.

미연, 돌아선다.

승우   잠깐만.

승우, 미연 앞에 앉는다.
미연의 배를 향해 〈선샤인의 전사들〉에 나오는
레더 박사의 목소리를 흉내 낸다.

승우   거울을 본 악당들은 재가 되어

사라졌지만,
더 큰 문제가 생겨났지.
거울로 악당을 죽인 사람들이
점점 괴물로 변해 간다는 사실이었어.
(한숨) 절망적이었지.
블랙드락을 물리치기 위해 평생을 바쳤던
나 또한 흉측한 모습으로 변해 갔으니까.
마지막 방법으로 나는 내 자신을
연구할 수밖에 없었어. 거울을 보며
내 얼굴을 그림으로 그리기 시작했지.
그런데 놀라운 일이 벌어졌어.
뾰족하게 길어진 송곳니를 그리는 순간,
거울 속의 송곳니가 원래 모습으로
돌아오기 시작했지. 가늘게 찢어진
눈동자를 그리는 순간, 거울 속의
눈동자가 다시 동그랗게 빛나기
시작했어. 비법은 우리들의 손에
숨어 있었던 거야.
그림을 그려줘.
블랙드락의 얼굴을 그려줘.
악당들을 만나면 그들의 모습을 그려줘.

미연, 승우를 보며 피식 웃는다.

미연   치, 비법이 영 별론데?

승우, 미연의 배에 입을 맞춘다.

승우   봄이야.
썬드라 언니를 만나면
있는 그대로 언니 얼굴을 그려줘.

알았지?

승우, 일어선다.
미연을 보며 고개를 끄덕인다.
미연, 돌아선다.
승우, 멀어지는 미연과 봄이를 향해 천천히 절을 올린다.
가느다란 햇살 한 줄기가 승우의 얼굴을 비춘다.
승우, 고개를 들어 창밖을 본다.

24장 작가의 상자

군복을 입은 대길, 소각용 드럼통* 앞에 우두커니 앉아 있다.

멍하니 바닥에 놓인 원고 뭉치를 본다.

고개를 들어 잠시 먼 하늘을 본다.

가을 햇살이 눈부시다.

대길, 눈가를 닦으며 일어난다.

드럼통을 향해 돌아선다.

승우, 책상** 앞에 눈을 감고 앉아 생각에 잠겨 있다.

눈을 뜨며 심호흡을 한다.

작가노트에 '이등병 한대길'이라 적는다.

대길, 원고 뭉치를 드럼통 속에 넣는다.

기름통을 들어 휘발유를 뿌린다.

품속에서 수첩을 꺼내 왼손에 든다.

대길, 수첩을 응시한다.

승우, 일어나 대길을 향해 돌아선다.

대길, 주머니에서 지포라이터를 꺼내 오른손에 쥔다.

딸깍, 라이터 뚜껑을 연다.

라이터를 수첩에 대고 불꽃을 켜려던 순간,

대길, 정면의 승우와 눈이 마주친다.

흠칫, 얼어붙는 대길.

승우, 물끄러미 대길을 본다.

대길, 승우를 보며 라이터와 수첩을 들고 있던 손을
찬찬히 내린다.

* 　1985년 10월 중순, 보안사 충무로 분실과 옥상, 서울.

** 　2020년 3월, 승우의 서재, 서울.

승우, 천천히 대길에게 다가간다.

승우   이름.

대길, 물끄러미 승우를 본다.

대길   한승우.

승우, 물끄러미 대길을 본다.

대길   본명.
승우   한대길.

둘, 말없이 서로를 마주본다.

[음향] "똑. 똑. 똑똑. 똑. 똑. 똑"

둘 사이에 놓인 나무상자에서
노크 소리가 들려온다.
둘, 나무상자를 본다.
승우와 대길, 고개를 들어 다시 서로를 볼 때

막

참고 및 인용 자료

1 단행본 및 서적

강요배(2008), 『동백꽃 지다 : 강요배가 그린 제주 4 · 3』, 보리.

국방부 군사편찬연구소(2005), 『6 · 25전쟁사 1~3』.

김병진(2013), 『보안사 : 어느 조작 간첩의 보안사 근무기』, 이매진.

김성종(1977), 『(장편대하소설) 여명의 눈동자 1권』(2003), 남도.

남도현(2013), 『잊혀진 전쟁 : 우리가 반드시 알아야 할 6 · 25
　　　전쟁사』, 플래닛미디어.

동아일보사(1990), 『선언으로 본 80년대 민족 · 민주운동』.

류연산(2003), 『만주아리랑 : 잊혀진 대륙, 일만 리 만주기행』, 돌베개.

류춘도(1999), 『잊히지 않는 사람들 : 류춘도 시집』, 사람생각.

＿＿(2005), 『벙어리새 : 어느 의용군 군의관의 늦은 이야기』, 당대.

류형석(2005), 『우리들의 아름다운 날을 위하여』, 6 · 25참전 소년병
　　　전우회.

박동찬(2014), 『통계로 본 6 · 25전쟁』, 국방부 군사편찬연구소.

박승수(1990), 『(다큐멘터리) 한국전쟁 1~3』, 금강서원.

박원순(2006), 『야만시대의 기록 1~3』, 역사비평사.

부창옥(2014), 『한국전쟁 수첩』, 동문통책방.

앤드류 새먼(2009), 『마지막 한발』, 박수현 옮김, 시대정신.

서대숙(1989), 『북한의 지도자 김일성』, 서주석 옮김, 청계연구소.

쑨요우지에(1996), 『압록강은 말한다』, 조기정 · 김경국 옮김, 살림.

안재철(2015), 『생명의 항해 1~2』, 월드피스자유연합.

로이 E. 애플맨(2013), 『장진호 동쪽 : 4일 낮 5일 밤의 비록』, 허빈
　　　옮김, 다트앤.

왕수정(2013), 『한국전쟁 : 한국전쟁에 대해 중국이 말하지 않았던
　　　것들』, 나진희 · 황선영 옮김, 글항아리.

이상호 · 박영실(2011), 『6 · 25전쟁 소년병 연구』, 국방부
　　　군사편찬연구소.

이중근 편저(2014), 『6 · 25전쟁 1129일』, 우정문고.

이철(1987), 『5공화국의 사건들』, 일월서각.

정명복(2014), 『(잊을 수 없는 생생) 6·25전쟁사』, 집문당.

정신대연구회·한국정신대문제대책협의회 편(1995), 『중국으로
　　끌려간 조선인 군위안부들 : 50년 후의 증언』, 한울.

정현수 외(2006), 『중국 조선족 증언으로 본 한국전쟁』, 선인.

황광우(2007), 『젊음이여 오래 거기 남아 있거라 : 시대의 격랑을
　　헤쳐나간 젊은 영혼들의 기록』, 창비.

홍학지(2008), 『중국이 본 한국전쟁 : 중국인민지원군 부사령관
　　홍학지의 전쟁 회고록』, 홍인표 옮김, 한국학술정보.

『역사비평』 통권 제51호(2000. 여름).

2 논문

남주길(1990), 「동트는 밀림」, 김학철 외 지음, 『볼우물 조선처녀 :
　　중국 조선족 작가 소설선』, 판.

오정혜(2003), 「중국조선족 시에 나타난 분단문학의 양상」,
　　『동남어문논집』 제16집(2003. 12).

이진원(2003), 「한국전쟁 소재 연변판소리 '떡메의 증오'의 음악적
　　고찰」, 『판소리연구』 제17집(2003. 4).

3 기타 자료

박도(2013), 「(장편소설) 어떤 약속」, 〈오마이뉴스〉 연재.

〈군번K, 최초의 카투사를 만나다〉, SBS 특집다큐멘터리 102회(2011.
　　6. 6. 방영).

〈녹화사업의 희생자들-군대 가서 죽은 아들〉, MBC 이제는 말할 수
　　있다(2000. 7. 23. 방영).

〈산, 들, 바다의 노래〉, 제주MBC 4·3특별기획(2014. 4. 4. 방영).

〈프락치〉, MBC 이제는 말할 수 있다(2005. 6. 5. 방영).

4

제주말 도움 : 홍현주

부산말 도움 : 부새롬

이음희곡선   썬샤인의 전사들

처음 펴낸 날   2016년 9월 27일
2쇄 펴낸 날   2017년 7월 31일

지은이   김은성
펴낸이   주일우
제작 · 영업   김용운
편집   김우영
디자인   김수환

펴낸곳   이음
등록번호   제2005-000137호
등록일자   2005년 6월 27일
주소   04031 서울 마포구 월드컵북로1길 52, 3층
전화   (02)3141.6126
팩스   (02)6455.4207
전자우편   editor@eumbooks.com
홈페이지   www.eumbooks.com
인쇄   삼성인쇄

ISBN   978-89-93166-73-6 04810
             978-89-93166-69-9 (세트)
값   5,500원

이 책은 (재)두산연강재단 두산아트센터와 협력하여
제작하였습니다.

이 도서의 국립중앙도서관 출판예정도서목록(CIP)은
서지정보유통지원시스템 홈페이지(http://seoji.nl.go.kr)와
국가자료공동목록시스템(http://www.nl.go.kr/kolisnet)에서
이용하실 수 있습니다.(CIP제어번호: CIP2016022650)